草綠服的記憶

蔡承坤——著

金門縣文化局

軍旅生涯十餘載

——蔡承坤《草綠服的記憶》

寒玉

祖籍金門瓊林的蔡承坤，居住在文風鼎盛的聚落，父種田、母家管，一生劬勞為了孩子的教養。

年幼耳濡目染父母的辛勞，敦厚樸實承襲嚴厲的家教，蔡承坤謹遵父訓，熱誠服務為家鄉、循規蹈矩做榜樣，人窮志不窮，寧可縮衣節食，亦不向命運低頭……。

五十二年次的蔡承坤，就讀金門高中一年級時，即初試啼聲，投稿《金門日報》與校刊，並屢獲刊登，一絲絲被鼓勵的喜悅上心頭，爾後提筆上陣，並以浯民為筆名，在報章雜誌上發表作品。

高三畢業那年，蔡承坤毅然決然投筆從戎、報考軍校，於民國七十三年五月揮別父母與家園、搭乘五一八軍艦離開料羅灣，孤軍奮戰在異鄉。每當夜幕低垂，一人獨自徘徊，腦際間閃爍著家鄉美麗的容顏與雙親布滿皺紋的臉龐，深深記憶藏心田，由小而大，如影隨形。而每個父母都有望子成龍的心，冀望光耀門楣在家鄉，抬頭挺胸地受鄰里讚揚；在那個年代，仍有好男不當兵、好鐵不打釘的想法，可是他並沒有因此而選擇擠入大學之窄門，反而投筆從戎，順利進入軍校的大門，面對冷漠的面孔與無情的冷潮熱諷，他概括承受。

蔡承坤接受近千個日夜晨昏的軍校教育洗禮，於七十五年十二月畢業後，軍服上的領章由學生換成少尉軍階，純真稚氣的臉龐，在燦爛的陽光映照下，英姿煥發地平添幾分成熟感；而從配戴官階的這一天起，他已是中華民國任命的軍官，對家鄉的親人來說，沒有揚名立萬，亦不能為他們爭足臉上喜悅的神采，但從軍是他的抉擇，亦是他的願望，他從不後悔。在順利取得畢業證書後，無論他人以什麼眼光看待，他將以昂揚之姿，做個頂天立地的革命軍人，為護衛領土、為保衛家鄉而努力。

軍校畢業後，蔡承坤隨即被分發到二二六師（關渡師）六七六旅步三營營部連，駐地則在基隆八斗子漁港營區醫務所，肩掛少尉衛生排長，師長童兆陽少將、營長林曉中校、連長陳孝源上尉；此單位屬於野戰步兵師，這個師共有九個步兵營，那裡風景優美，但嗅聞不到故鄉泥土的芬芳。當日曆撕去一頁頁，他想回鄉來探望，尤以將過農曆年，望著弟兄提行囊，他的心兒在滴淌，不能在家與雙親圍爐、共享團圓飯，感傷湧心田。

站在灘頭思故鄉，終於如願以償回到從小生長的地方；三個月後，一百零二名志願役軍官，於民國七十六年三月由高雄碼頭搭乘軍艦，從遠渡千里的異鄉、輪調金門的故鄉，蔡承坤亦是其中的一員，隨後到二八四師（南雄師）八五〇旅步三營營部連，擔任衛生排長兼醫官，時任二八四師師長為羅吉源少將，而二二六師的林曉營長與陳孝源連長亦同時輪調金門二八四師；蔡承坤待在該部兩年期間，除負責督導伙房衛生，亦要提供伙食意見，將全連的伙食辦得色香味俱全，讓弟兄們感受到軍中大家庭的溫暖。

在二八四師服役期間，兩次的總部高裝檢，由他負責的軍醫裝備均無缺點，營測驗亦是全防區第一名。其駐地位於中蘭擎天水庫旁的九八坑道，兩條主要坑道，容納營部連、步一連、步二連、步三連等，總計四個連；坑道陰冷潮濕，弟兄除要忍受無陽光的暖和，還要心驚石壁縫裡滴下的水滴，突然加料在飯裡，而全連弟兄睡在大通鋪，更要擔心與老鼠在被窩裡同眠。

鼠輩橫行，消滅老鼠，人人有責，有回醫務士從南雄醫防組扛回一袋毒鼠藥回坑道，順勢塞進放擔架的地方，沒多久就嗅聞到鼠屍味，蔡承坤被營長召見，說他滅鼠有偏方，但要注意官兵的健康。他一陣錯愕，原來是醫務士太天才，毒鼠藥隨便塞，忘記拿出來，尚未布餌，嘴饞的老鼠已自投羅網，只是他莫名被誇。九八坑道是他軍旅生涯最艱困的一段歲月，歷經諸多的磨難，他在那裡成長與茁壯，並於七十七年元月晉升中尉。

軍中任務頻繁，蔡承坤於七十七年九月，調至八五五國軍三級野戰醫院，亦即東沙醫院。東沙醫院位於金門島西半部一個僻靜的村莊，村名為東沙村，醫院與民宅相連；簡陋的診療室，就藏身在漆有綠色油漆的鐵皮屋裡面，內設掛號、門診、急診、藥局、放射室、檢驗室，另有手術房、獸醫室和衛材庫房……等等；縱然設備簡陋，但每日求診的病患依然擠滿診間，這裡是他們醫療的希望。蔡承坤擔任醫勤官，負責醫務行政及性病防治業務，每週四上午固定派醫護人員到庵前特約茶室去幫防區侍應生做健康檢查，下午將結果呈報軍醫組及通知特約茶室，如果侍應生有呈陽性反應者，則必須停業，將其送到性病防治中心接受治療。

除此之外，他同時兼伙委，待在東沙醫院兩年，每日勤練跑，未曾中斷地一路從東沙、珠山化學兵基地、東社，再回到醫院；操出來的好成績，在技勤部隊測驗，榮獲全國第一名、總部優良醫院複評全國第一名，院長因此當選優良軍醫，也完成了多年升上校的心願，蔡承坤亦獲得記功、嘉獎。

民國七十九年元月，蔡承坤接受陸軍衛勤學校正規班五十一期訓練，軍醫六大術科與各兵種協同演習，於七月結訓，同時通過教官試講，主考官葉安平中校商請他將教案留下，並刊登於衛生勤務季刊。肩掛中尉軍醫的他，於同年八月調至八一一五救護車連、駐守小徑，擔任副連長。兩座碉堡緊緊相連，寢室有兩間，副連長與輔導長比鄰而居，軍隊每天早點名與晚點名，一般訓練、基地訓練與支援防區後送醫療業務；在迎接一梯梯的新兵與歡送一梯梯的老兵當中，短暫的相處，總是感慨萬千，期待他日戰地再相逢。

民國八十年元月，蔡承坤升任上尉；並於三月接受陸軍衛勤學校衛材補保軍官班八期受訓，內含衛材補給及軍醫裝備維修等課程，於同年六月結訓，補給組的主任教官李文璽中校欲留他在校當教官，但他為感謝軍醫組組長王金灶上校的知遇之恩，毅然決然返金；隨後奉調金防部軍醫組，擔任衛材補給官，督導防區衛材補給與軍醫裝備之運用與維護工作，期間亦要配合防衛部夜間查哨及各據點督導。軍醫組位於後指部經武營區坑道，裡頭尚有工兵組、兵工組、經理組、運輸組、化兵組……等等，四通八達的坑道，每遇停電，弟兄摸黑到坑道口外面，既能觀賞藍天白雲好風光，亦能呼吸新鮮的空氣，同時享受片刻的悠閒。而後坑道做防潮，寢室暫時無法使用，軍醫組的部分軍官夜晚借住位於新市里護國寺旁的鼠防處。

民國八十一年六月，蔡承坤承辦軍醫野戰專業化三級保修作業，榮獲總部評定團體成績第一名。十一月奉調花崗石醫院醫勤組，擔任軍醫行政官，從此褪去野戰草綠服、換穿軍便服。舉凡掛號室、病歷管理、體檢、後送、義診、證明開立、優良軍醫選拔、績優護理人員評選、醫師排班及休假管制、醫療陳情、醫院評鑑、文宣及新聞稿撰寫、自衛隊員傷殘鑑

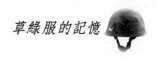

定、辦理金門地區高級心臟救命術講習、支援台北榮總為地區榮民健檢之醫療行政……等等醫療勤務，都在他的業務範圍之內。

在醫勤組擔任軍醫行政官的蔡承坤，定時帶領醫療團隊為民義診，足跡踏遍大小金門各角落；遇有行動不便的民眾，由醫護人員直接到府服務。民國八十三年六月，他兼任花崗石醫院民診處副主任，負責醫護及行政人員的醫療獎金發放、健保相關業務、民診處職員考評、醫院滿意度調查……等等，擔任該職期間，在合理範圍內，替病患爭取更多的方便，亦更有服務鄉親的機會。

在軍人以服從命令為職責的使然下，蔡承坤除了奉公守法、盡忠職守，辦好自身的業務外，無論接受上級任何檢查或督導，均表現優異，因此獲得記功嘉獎無數，如威遠十六號演習，製作兵棋推演資料、接受總部八十三年度資訊督考個人測驗、代表花崗石醫院參加金防部八十四年度第二季相對敵情研究專題寫作，獲得防區評比第一名、辦理在營常備兵身高及慢性病專案鑑定作業、辦理傷患緊急後送及聯繫各單位進行搶救事宜、辦理醫院接受國防部軍醫局視導公元二千年資訊危機、承辦金門地區高級心臟救命術講習……等等。

民國八十五年三月，蔡承坤兼任營站主任，負責營站人員管理、廠商進貨督導、帳目核對等，從無缺失，深獲各級長官的信任和肯定。

翌年三月，為方便烈嶼離島居民看診，他辦理服務烈嶼地區居民就診病患優先看診案，除公告外、並發文烈嶼鄉公所轉達鄉民知悉，並責成掛號人員加強辨識，以達服務離島居民就診之權益。

軍醫生涯，待在花崗岩下的蔡承坤，最大挑戰在於後送業務；服務醫院期間，雖屬上下班，遇有緊急狀況、三更半夜亦必須火速奔馳醫院，不容怠慢。當島民因病危在旦夕、醫師束手無策，後送程序的繁複與島嶼多霧而無機可乘的情形下，要和惡劣的天候搏鬥，往往讓他急得跳腳；望著許許多多無助的眼神，心急如焚地不知所措，撫慰他們的心靈，唯有救人性命為首要，讓病患與家屬能看到明天的希望。

為戰地軍民提供完善醫療服務的花崗石醫院，石壁雖冰冷，卻有巧奪天工的設計與溫暖人心的形體；坑道經過多次的整修，九條縱橫交錯的主要通道，共分病房區、行政區、官兵生活區等等。坑道共有五個坑道口，依序排列一到五號；一號坑道口到會議室、二號坑道口到院本部、三號坑道口到營站、四號坑道口到官兵宿舍、五號坑道口到太平間。

身藏在花崗石山岩下的花崗石醫院，花了兩年多的時間，犧牲了多位弟兄才開鑿完工，倘若沒有他們的犧牲奉獻，後人即無此處醫療的地方。自花崗石醫院成立以來，對地區醫療貢獻良多，院內設有內科、外科、骨科、兒科、婦科、牙科、眼科、心臟科、耳鼻喉科、加護病房；隨著民診處及洗腎室的成立，更嘉惠了地區的傷病患者。醫院亦從人工作業，而後全面進入電腦化及成立遠距會診室，透過視訊，結合台金兩地醫師共同診療，讓病患在第一時間得到最好的照護。

蔡承坤服務於花崗石醫院多年，除後送業務的頻繁，在他手上通過全國醫院評鑑不計其數，計有地區醫院、地區教學醫院、加護病房分級認定、洗腎室評鑑、住院藥局單一劑量評鑑、國防部駐院輔導、國防部民診基金暨政三聯合業務輔導、大量傷患演練……等等，縱然忙得人仰馬翻，既不嫌煩、亦不喊累，但辛苦有代價，終獲得記功與嘉獎的殊榮。

升任上尉多年，則因花崗石醫院無少校缺，倘若要佔缺需輪調到台灣，但雙親已年邁，期望蔡承坤留在家鄉別走遠；與父母促膝長談後，蔡承坤於民國八十九年元月退伍，軍旅生涯十餘載，卻受年資所限，沒有退休俸可領。而後他轉換跑道、至行政院退除役官兵輔導委員會金門榮民服務處上班，擔任駐區服務組長一職。

家庭幸福美滿，育有二女二男，年已半百的蔡承坤，一路走來，獲得殊榮無數，計有行政院戶口普查處獎狀、績優役政獎狀、一星寶星獎章、景風乙種獎章、忠勤勳章、國防部優良軍醫、服務績效卓著獎、全國績優榮欣志工獎、全國績優服務人員獎、全縣優秀志願服務人員獎……等等。

平日熱心公益的蔡承坤，對社區多所貢獻，於民國九十七年，時任常務理事的他，與妻子犧牲數月的時間、輔助夏興社區接受縣政府及內政部評鑑，分獲全縣第三名及全國甲等獎，為社區爭取最高榮譽。

卸下戎裝多年後的蔡承坤，看到故鄉目前的情景，內心有太多的感慨，昔日流血流汗的營房，如今接二連三成廢墟；而花崗石醫院，他投入心血最多的地方，往日揮汗如雨、挑燈夜戰，有歡喜、亦有悲傷。然而此刻鐵門已深鎖，他在外頭懷念老戰友，那些曾經並肩作戰的醫護人員，曾幾何時，他們一樣回到老地方，悼念無情歲月蹧蹋了有情的花崗岩。

蔡承坤自踏入花崗石醫院服務至退伍，歷任院長計有余孟誠、孫卓卿、范保羅、李文俊等人。兔年接近尾聲，龍年即將到來，中華粥會「將軍書畫展」來到金門前線，於金寧中小學現場揮毫，曾任花崗石醫院院長的趙善燦亦在其中，書寫「德澤」墨寶一幅相贈，乃德澤廣被之意。

民國八十九年底，蔡承坤至榮民服務處服務迄今，歷任處長為盧振中、張國教、李洪、薛幼菊、姚榮台、鄭有諒等長官，蒙受他們的指導，讓他獲益良多。

然而，凡走過必留痕跡，於是他將軍旅生涯的切身感受，以及退伍後進入榮民服務處、與老榮民互動的點點滴滴，一字一句地書寫成章、結集成冊，書名為《草綠服的記憶》，並獲得金門縣文化局贊助地方文獻出版，將於民國一〇一年七月前出版，與讀者分享。從這本書裡，我們亦可清楚地看到，蔡承坤不僅從草綠服中得到靈感，亦從軍旅生涯與老榮民身上獲得諸多的啟發，更可看出他縝密的思維和細心的觀察，復以流暢的文筆，寫出他內心誠摯的感受，讀過他的作品，彷彿讓我們重新進入爾時花崗石醫院的情境；而花崗岩壁雖堅固，但隨著大環境的改變，空有軀殼沒醫療，如何對得起爾時參與開鑿的弟兄們？隨著醫院走入歷史，島嶼的鄉親每當想起、莫不無奈與感傷。儘管在洞外聲聲地吶喊，亦喚不回昔日的風光。而百齡老榮民當年為國為民犧牲奉獻的精神以及其為人瑞慶生的情景，亦同時在他心中盪漾、在他腦海裡盤旋。《草綠服的記憶》這本書，不僅僅只是作者個人的回憶，亦是生長在這座島嶼的人們、以及穿過草綠服鄉親共同的記憶⋯⋯。

原載二〇一二年五月八日《金門日報・浯江副刊》

目次

軍旅生涯

再見花崗岩，花崗岩再見！

日昨，我獨自躑躅在夏興村後、太武山支脈的花崗岩下，不經意間，蹣跚的腳步已跨入花崗石醫院的廣場，只見幾塊廢棄的桌椅凌亂地放置在大門旁，經過長期的風吹、雨打、太陽曬，多數已呈腐蝕的狀態，週遭雜草叢生，林木殘枝敗葉灑落滿地，坑道鐵門深鎖，昔日求診的人潮已不復在，取而代之的是它的冷漠和孤寂，真叫人感慨萬千啊！

想當年，我國軍官兵以無畏無懼的戰鬥精神，堅強的意志力，和巧奪天工的縝密設計，並以集體的智慧，克難的技術，加上必成的信念，由忠誠部隊、虎軍部隊與班超部隊負責施工，經過二年的時間，將山崗開鑿成一個大洞，洞中有九條縱橫交錯的通道，分別設置醫療區、行政業務區、官兵生活區……等，為戰地軍民提供完善的醫療服務。而我有幸曾在這個「神奇雄偉，舉世聞名」的花崗岩洞內，度過八個春夏和秋冬，每天都懷著一顆悲天憫人之心，穿梭在縱橫的坑道裡，摸著滲著水氣的冰冷石壁，關懷病患、尊重生命，為軍中袍澤、為鄉親父老，提供完善的醫療服務。

然而光陰如梭，歲月似流水，轉眼間，離開軍職即將邁入第十個年頭了。此時盤旋在我腦海裡的，彷彿是那歷歷在目的往事，它猶如孕育我成長的母親，讓我心中盈滿著母愛的馨香。儘管多數的同僚都是匆匆的過客，就彷若是大海中的波浪，一波未平一波又起，更像是退潮的海水，一泓泓地流向它的深邃處，縱使有在礁石上拍打出美麗的浪花，在海灘上留下難得的回憶，卻也只是來得快、去得也快的過眼雲煙，而又有多少人能夠記住它曾經擁有的風華？多少瀕臨死亡的生命因而重生？即使無情的人們把它遺忘，然它似乎也不在意，依然無怨無悔地守護著這塊土地的子民。因此，一顆恆久不變的感恩之心長存我心中，只因為我與這個島嶼，有著血濃於水，以及密不可分的臍帶關係！

想起爾時，每天迎著晨曦，走過兩旁木麻黃扶疏的綠色長廊，獨自佇立在夏興三角公園的涼亭，看著遠山濛濛的雲霧，就像那羞答答的少女，披著一層輕盈的薄紗，散發出一股脫俗迷人的風韻；回首遠眺遼闊無垠的大海，有時靜默如鏡，有時波濤洶湧，當朝陽映照著碧藍的海面，更反射出一道道金色的光芒，而海天共色，漁舟帆影，似近非近、似遠非遠，讓這花崗岩下的清晨美景，格外地生動。

緩步走上花崗石醫院的步道，就像是走在雲端一般，迎面清風幾許，草叢裡、樹林間的蟲鳴鳥叫，隱約地勾勒出一幅渾然天成的自然景致，讓我的精神隨之一振，懷著愉悅之心，走進那充滿著藥水味的醫院，我勢將以自己所學，為同儕與島民略盡一份綿薄心力，它也是我當年選擇醫務工作的初衷。這座被譽為世界首座深藏於花崗岩內的醫院，人們也將親身去體驗它盎然的生氣，感受生命的絢麗，品味它的宏偉與溫馨！

每每，當救護車的鳴叫聲由遠至近，劃破了院區的寧靜，醫護人員打開車門的剎那間，病患的哀嚎聲，伴隨著家人焦急失控的情緒，聲聲地激盪著我的心扉。即使生老病死是人生必經的過程，但多少個清晨、多少個黃昏、多少個寒風刺骨的夜晚，脆弱的生命在與時間搏鬥時，我雖然非常的疲累，則未曾倦怠過，用手拭去額頭的汗水，心想的是盡心盡力搶救游移在死亡邊緣的鄉親。然而，外島專科醫師的不足，各項醫療資源的缺

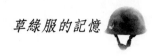

乏，迫使許多病患必須後送台灣做進一步地診治，往往在急診室、在加護病房、在手術房外，見到的是焦急的病患家屬，他們的內心是極度的掙扎和百般的無奈，倘若不後送台灣大醫院，只能眼睜睜地看著自己的親人，在這座世人引以為傲的花崗岩洞內等死，後送或許還有些許存活的機會，客死異鄉的機率亦相對地的提高。曾經，我親眼目睹無辜的鄉親，以及在這個島嶼服役的年輕戰士，因白茫茫的濃霧瀰漫著浯鄉的天空，不良的視線致使飛機無法正常降落，故此延誤送醫而失去寶貴的生命。島民何辜？年輕的戰士何辜？這對承辦後送業務的我，是一個又一個沉重的打擊，經常地，激動的情緒久久無法平復，必須經過一段時間的調適，始能慢慢地走出它的陰霾。

隨著兩岸軍事對峙的和緩，金門已不再是戰地，實施三十六年的戰地政務亦宣告終止，「一年準備，二年反攻，三年掃蕩，五年成功」的最終目標，也隨著歷史的洪流沉沒在金廈海域。當駐軍逐步地裁撤時，「戰地司令官」的職稱亦由「防衛司令」取代，島民莫不慶幸太平的日子即將到來。於是，軍機不再擔負民眾病患後送的任務，後改為每週二、五例行後送病患，再加入德安航空的直昇機緊急後送病患。然而，德安航空的直昇機並非常駐浯島，遇有病患後送，仍須專案申請，當第一次申請直昇機到金門接病患時，恰巧，也是妻子即將臨盆的時刻，我奔馳於縣立醫院與花崗石醫院病房，額上的汗珠與眼眶裡的淚水交織在一起。於私，我必須善盡為人夫者之責，陪伴在愛妻身旁，讓她無憂無慮在產房裡，平平安安地為我們這個人丁單薄的家族，再添上一名新成員。於公，雖然病患是不相識的老翁，但他亦有家庭、有子女，同樣是生命，我有職責亦有義務協助他赴台北榮總做進一步地診治，倘若延誤而讓他失去寶貴的生命，勢必造成一個美滿家庭的破碎，以及我終生的遺憾。即使我知道公私必須分明這個簡單的道理，但兩者均為燃眉之急，我該如何來取捨，幸好，身為軍眷的愛妻，她美麗、賢慧、識大體，囑我以公務為重，她有勇氣獨自在產房裡，迎接另一個小生命的誕生。

德安航空的直昇機終於在千盼萬盼下，降落在尚義機場的停機坪，替病患辦好轉院手續，協調行政部門派遣救護車，在瑞美商行員工用貨車載著大油桶，幫直昇機加滿油後，我們把與病魔作殊死戰的病患送上直昇機，讓他平安地抵達台灣接受診療是我的職責。然而，當機師發動引擎，螺旋槳快速地運轉時，機門似乎是發生了故障，不能自動地關閉，經過機械人員一番折騰和排解，才勉強關上，目送老舊的直昇機搖搖晃晃地爬上尚義上空的出海口，不僅為機上的病患捏一把冷汗，也同時為所有歷經砲火蹂躪過的苦難金門人感到悲哀，竟連小小的航空公司，也把島民與戍守在這塊土地上的戰士，當成次等公民來對待，以這種老舊的飛機來「服務」病患，倘使不加以改善，說不定下回搭乘的不是你、就是我，果若運氣欠佳，尚未抵達榮總，就已葬身海底，成為料羅灣裡的冤魂……。

經過數次的反映，德安航空終於在第二次申請病患後送時，飛來的是一架全新的直昇機，於是媒體獵取其升空的英姿，並大篇幅地加以報導，鄉親看到如此的新聞，莫不雀躍萬分，然而，它是政府照顧離島居民的德政嗎？顯然不是，鄉親冀望的是一個能與台灣地區媲美的醫療環境，而不是想搭直昇機遨遊天際，因為他們繳交同樣的健保費，卻受到不一樣的醫療品質，這似乎也是島民心中永遠的痛，而那些官員和政客們，可曾聽到金門人誠摯的呼籲聲和無奈的抱怨聲？

如今，歲月遞嬗、物換星移，在一般人眼中似乎有船過水無痕之感，但凡走過必留下痕跡，此時的花崗石醫院，就像是一個人老珠黃的棄婦，獨自關在那間冰冷的石洞裡，有誰會去關心她的死活呢？或許，就讓那無情的歲月，逐漸地把她風化，繼而地腐蝕她的身軀吧！誠然，因為她的存在，減輕了許多鄉親的病痛、也挽回了不少寶貴的性命。而此時，因時勢的變化、社會的變遷，「花崗石醫院」這個響亮的名號，已在金門這塊土地上消失，即使它已功成身退，卻是金門一頁極其重要的醫療史，當年的風采，依然會長存於島民的心中，以及在鄉親深深的記憶裡。

抬頭仰望巨巖重疊的太武山巒，當明日朝陽映照在這個世人引以為傲的岩洞時，或許，我們還可以找回它耀眼的過往，漫步在景色怡人的人行道上，看白雲簇擁著青山，輕霧在盈滿著綠意的山頭繚繞。屆時，我們將以思古幽深的情懷，踏著輕盈的腳步，走進那九條縱橫交錯的坑道，重溫它過往歲月帶給我們的歡悅，而長廊依舊幽靜深遠，石壁上鏤刻的文字更見其歷史之價值，再一次的造訪，可以感受它不一樣的風采。再見花崗岩，然它依舊在浯鄉的太武山支脈靜默著，且請容我再說一聲：花崗岩再見！

阿兵哥，放假了！

回憶，就像是一首盪氣迴腸的老歌，總是在人們的心中、腦海中，不時的播放著，不管是輕快的、哀怨的，都值得讓人們一次又一次細細的品味，而生命中的每一分、每一秒，是點點灑落歌譜中的音符，時而高亢、時而低沉，帶走的是青春年華，留下的是聲聲的嘆息，在我們讚嘆造物者偉大的同時，卻也感傷生命的無奈與無常，而自己不過是滄海中的一粟，是那麼的渺小，是那麼的無助，我是「遊子」？還是「歸人」呢？

對了！我一定是個遊子，從台北公館到關渡大橋看日落的那一刻起，就注定流浪的開始，而後到基隆八斗子漁港，遠望點點的漁帆、忘憂谷川流不息的遊客，心裡想著卻是故園和親人，突然有一天，我又扮演一個回轉浯島的歸人，在擎天水庫、九八坑道、東沙醫院、小徑金剛堡、經武坑道、花崗石醫院等地，都可以看到我忙碌穿梭的身影，也能找到我雜沓的足跡。最後，阿兵哥終於「頓悟」了，毅然脫下穿了十餘年的草綠服，告別撼人的起床號、雄壯的軍樂聲、和催人入眠的熄燈曲，永遠的放假了。但我沒有因此離棄撫育我的故鄉——金門，幾經掙扎後，我選擇了留下，投入另一個職場，服務退伍的榮民袍澤，希望往後的日子能譜出更動人的樂章，那一首屬於金門人美麗的歌曲！

歲序的更迭，經過十餘個寒暑，我告別了懵懂無知的童年，也結束了學生時代無憂無慮的日子，在即將踏出金門高中校門時，我選擇當個「拒絕聯考的小子」，放棄那十年寒窗苦讀後，唯一可以「揚名立萬」的

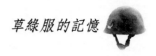

絕佳機會，毅然決然的「投筆從戎」了，在師長、同學、親友的祝福，和家人們淚眼相送下，提著簡單的行囊，頭也不敢回，跟著諸多的同儕，坐上軍用大卡車駛向料羅碼頭，大伙擠在通風不良的料羅候船室，排成一列一列的等著金防部長官的訓話和安全檢查，一番折騰後，好不容易搭上了「五一八太武輪」軍艦，雖然，頭有一點暈，也有種想嘔吐的感覺，但終於可以遠渡重洋，我的心是興奮的。船越開越遠，我站在甲板上，看著海水拍打著巨大的艦身，激起陣陣美麗的浪花，迎面吹拂著帶有一點鹹味的海風，這時候故鄉——金門，向後倒退著，而且越變越小，慢慢的消失在我的眼前，當我一覺醒來，告別了有著難聞氣油味的船艦後，飄向的是一個霓虹燈閃爍的遙遠「異域」。

哈！哈！現在的我，不正是一個「浮雲遊子」嗎？揹起了行囊，漫無頭緒的走在那人車擁擠的陌生街頭，望見的是張張陌生的臉孔，帶著些許的冷漠，令人窒息，真的好想大哭一場。喔！親愛的故鄉！要等到什麼時候，才能再牽到妳那溫暖的手啊！再回到妳溫暖的懷抱啊！

在每一個寂靜的夜裡，獨自一人躺在床上，總是輾轉難眠，心中惦記著，依舊是妳美麗的容顏，和自己過往深刻的記憶。可是，隔天清晨醒來時，揉揉惺忪的睡眼，攬鏡自憐，發現眼角尚留有一絲昨夜的淚痕，才驀然驚覺，咦！自己究竟是何時睡著呢？

而當我以雀躍的心情，領取畢業證書的那一刻，告訴我自己終於畢業了，在度過一千多個日子後，軍校生酸甜苦辣的歲月也將在驪歌高奏的時刻，畫上一個圓滿的句點，這一段對我來說是既漫長又艱辛的日子，或許在別人的眼裡，那只不過是人生的一小小步罷了，根本不值得一提。但它確實是我一生中最難以磨滅的記憶，因為經過軍校的洗禮，我將能在自己人生空白的畫紙上，盡情揮灑出年輕昂揚的色彩。

分發部隊的第一個單位是台北關渡師（步兵二二六師），那是一個野戰步兵師，我和八位同學（九條好漢）一起到師部報到，副師長吩咐師部人事官說：「我們師有九個步兵營，一個人就到一個營報到好了。」隔天一早，我就坐上小吉普車，到八斗子漁港營區醫務所任職，車子行駛於風景優美的濱海公路，吹著鹹鹹的海風，多麼的舒爽，我卻無心欣賞這個美景，腦海中一直在拼湊陌生營區的樣貌，到達目的地之後，我發現那是一處真的很美的地方，每天望著熙來攘往的遊客，覺得好親切，彷彿自己就是其中的一個！傍晚時刻，獨自坐在大門口衛哨的石墩上，看著忘憂谷的落日，不遠處八斗子漁港歸帆點點的漁火忽明忽滅，心中不覺升起一股淒涼的愁緒，因為，夜幕低垂，少了白晝喧囂的人聲，只有夜鶯低吟，讓我想起「五一八軍艦」汽笛聲聲催，載著許多不識愁滋味的少年遊子，離開料羅灣，離開送行的親人，久久不能自己！

眨眼間，又過了三個多月，我終於調職返回故鄉——金門，相同的軍艦，相同的碼頭，載回的是歸心似箭的返鄉遊子，當我踏上久違的料羅碼頭，放下肩上沉重的背包，深吸一口清新的空氣，對著無垠大海，不禁仰天高喊：「親愛的故鄉，我回來了！」這兒有我朝思暮想的家園，有我慈祥的爹娘，在那兒倚閭望子早歸，有我熟悉的足跡，待我一一去重新尋覓。

駐地「九八坑道」，讓我度過軍旅生涯最艱困的一段歲月，但我沒有後悔、也沒有怨嘆，只有在每一個孤寂的夜裡，躲在冰冷的棉被裡，偷偷拭去眼角的淚水。當天明時分，坐在擎天水庫旁，望著壯闊的湖水、和凌亂的大石塊構成的九八坑道，這裡是遠離塵囂的人間仙境，成天身處其間，卻無心欣賞，只叫自己要不斷的成長和茁壯，因為這裡畢竟是我的家鄉！

一年多以後，我換了一個新單位——東沙醫院，那是金門島西半部一個遙遠的村莊，營區就跟民宅相連在一起，有些辦公室和寢室甚至就在民房裡，來到這兒，總感覺有一份說不出的荒涼，人去樓空的事實，印證生離死別的悲傷，許許多多的空屋，在時間的長河侵蝕下傾倒了，屋內的蔓草幾已越過牆頭，輕輕撫摸著那一堆堆殘垣斷瓦，試圖找回它昔日的榮光，卻已不復往日的手采，老舊的供桌，滿布塵埃的香爐，該有昔時子孫們緬懷先人的虔誠香火吧？而今安在呢？難道這就是金門人的原罪嗎？多少的問號，到如今依然深深埋在我的心底。

後來，我又到了小徑的救護車連、經武坑道的軍醫組、最後落腳在花崗石醫院，巍峨的太武山和莊嚴的太武山公墓就在附近，青山綠野為伴，過著「半隱居」的坑道歲月，難以忘懷的是每天的早點名後晨跑至太武山公墓，清新的空氣，帶有一點點金門特有的鹹味，深呼吸後覺得全身為之舒暢，只是當時年輕氣盛的我，不知好好珍惜，總認為那是一種「苦」，而到如今，髮蒼蒼、視茫茫、齒牙動搖，想動才是一種苦啊！

而在花崗石醫院服務七年多的時光，讓我真正領略到生之喜悅，也感受到生命的無價與無常，也見識到人性自私貪婪的一面，和光輝的一面，多少的小寶貝在父母親期待下來到這個人間，也有很多無奈的生命在一瞬間消失得無影無蹤，很多的親情在傷痛後凝結，也有不少親情在病痛後蕩然無存。曾經見到有人在病房裡高聲哭喊，卻也喚不回死去的親人，也有植物人躺在病床上奄奄一息，親人不願探視，真是人間一大悲劇啊！

經過了這麼多年，或許這些場景依舊，但我不願意再去深究，只是希望能有更多的「有心人」，多花一些心思，好好去關心金門的醫療問題；而我們的心血和汗珠，已隨花崗石醫院裁撤，深深的埋入地底，但是，爾後不應該叫我無助的金門鄉親灑下更多的淚珠在署立金門醫院吧！

最後，英勇的戰士雖然肩上還背著槍、扛著彈藥，但已完完全全的「頓悟」了！「草綠歸人」選擇脫下這身穿了十餘年的草綠服，不用再天天早晚點名、高呼口號，不必再出操、上課，吃飯、睡覺時也無須開口唱著雄壯的軍歌了，阿兵哥永永遠遠的放假了！稍息之後，不敬禮解散！解散！

軍旅生涯側記

（一）難忘菜市場的日子

小時候，雖然曾跟著父母上過很多次的菜市場，但小小年紀，羞澀的躲在父母背後，感受的只是那吵雜的吆喝聲，和一聲尖似一聲的討價還價聲，實在無法像大人們一樣，體驗購物的快感和樂趣，也感受不到它「特有」的魅力。

及至年紀漸長，因為功課的壓力，假日鮮少逛菜市場，因而上菜市場的記憶已跳脫了我的生活模式，甚至成為「歷史」了！直到上軍校後，我才再度的接觸它。一年級時，全期同學排表輪流當採買，隨著任伙委的學長，天未亮就搭著學校的大卡車到市場買菜，那是一個很大、很熱鬧的市場，市場內燈火通明，有著熟悉的吵雜聲、吆喝聲，不論雜貨、蔬菜、水果、雞、鴨、魚、豬、牛肉、魚貨、海鮮、五金……等等，可說應有盡有，只要繞上一圈，東西都可以買齊，當然還有最重要的早餐，更是任您挑選，我常常不客氣的大啖一番。

畢業後，分發野戰部隊任衛生排長的兩年，無緣當伙委、採買，卻必須負責督導伙房衛生，和提供伙食意見，所以跟伙委、採買的關係相當密切。因為我們是營開伙，所以最後菜單都要送給營長批閱。剛從基隆回金門的一段時間，飲食還算正常，後來來了一位喜歡吃辣椒的營長，伙委們為了迎合他的口味，紛紛開出辣椒大餐，通常四菜（宮保雞丁、辣豆瓣魚、酸菜麵腸、麻婆豆腐）和一湯（胡椒粉魚丸湯），全都是辣的，營部甚至還外加一鍋紅燒牛肉麵，真是辣得可以，營長吃得樂滔滔，卻苦得小兵們「人仰馬翻」了。我因為官小言輕，只能私下勸勸伙委們多行善事，但他們卻依然故我。不久，好多位阿兵哥半夜受不了，大吐特吐，有些是舊疾復發，有的是新引起的腸胃不適，我三番兩次送病患到花崗石醫院急診，送到急診室的護士看到我，不用問也猜到是送腸胃問題的病患。因為職責所在，只好「頂著鋼盔」硬著頭皮向營長報告，請他「高抬貴手」要伙委少開些辣味的菜，自從建議獲採納，便沒有三更半夜送腸胃急診病患的紀錄。

後來調到東沙醫院擔任參謀，便有機會接伙委，首先，是跟採買一起到金城市場訪價，回去後再決定廠商，前一天計算購物金額，接下來「頭痛」時刻是開菜單上呈院部批閱，通常我們的菜單都是在隔壁小吃店與採買（一位士官長、一位下士）拚飲料完成，當一杯杯五百CC的可樂下肚，雖然是脹了點，但是看到一道道好菜「出爐」，那種喜悅真是無法言喻。好玩的是，這回我們遇到的是一位不喜歡吃辣椒的院長，幸好不用刻意避開辣味菜，黑胡椒豬排只要先幫他用開水洗過就好。另外為了照顧其他廣大的「食眾」，炒盤辣椒慰勞慰勞大家，他也不會反對。

到了花崗石醫院以後，因為組裡軍官多，所以當伙委的機率相對減少，但是，還是會掃到「風颱尾」，這次我們遇到了一位不吃秋刀魚的院長，有一回他休假，組裡的伙委不信邪，開了一道炸秋刀魚，大家吃得津津有味，結報時被院長發現，全組人都被叫到院長室罰站，真是苦啊！而且處長也很「機車」，規定每餐的主食一定要見到丁骨豬排、雞腿、雞翅、白鯧魚其中的一種，外帶水果。所以當伙委時，每個早晨都在山外市場打轉，凡事「斤斤計較」，深怕壞了伙食，苦了大家陪著一起罰站，非常慶幸，直至退伍，只有辦伙獲記功嘉獎，沒有被處罰。

現在已離開軍中多年，一有機會還是喜歡陪太太上市場，感受菜市場忙碌、溫馨的氣氛。不過當了再久的伙委、採買，到現在也僅能煮一「口」好菜啊！

（二）感恩的心

在關渡師步三營（駐地基隆八斗子漁港）和南雄師步三營（駐地金門中蘭九八坑道），度過了兩年的野戰部隊生活，調到後指部東沙醫院，以前休假，中蘭離家很近，走路或坐車回家，只要經過一站就到家了，現在到了西半島的東沙村後，每回放假都要轉兩趟公車才能到家。所以，總會有一段在金城車站等公車的時間，在那一段不算短的「空白」時間裡，我看盡人生百態、聽遍世間是非，但是，四周所發生的任何一切事情，通常都不會引起我絲毫的興趣，只當是過眼雲煙，稍不注意，便消失得無影無蹤。唯獨今天早上在我眼前出現的那一幕，卻令我一天來的思緒，都為之激動不已。雖然，我不是一個詩人，沒有一顆多愁善感的心，和一對觀察敏銳的眼睛，但是我的心是真誠的，在充滿節奏的跳動裡，我可以很清楚的感受到這一切！

就是眼前那位老態龍鍾的阿婆帶給我不小的感動，我不知道她的姓名，也不知道她住哪裡，但她卻令我久久不能釋懷。阿婆動作遲緩的尋遍全身上下的每一個口袋，也只能找到兩個十元的錢幣，她開懷的告訴老闆娘，她即將去探視三個小孫子，那一心惦記的小寶貝，便慎重的在車站的水果攤上挑選了三顆水果，仔仔細細的用那條皺皺泛黃的手帕包好。此刻，在我腦海中，浮現的是她那三位可愛的小孫子，一擁而上的溫馨畫面，縱然她正沐浴在兒孫繞膝的滿足笑容裡，可是，有誰能從她滿布深深皺紋的面龐下，細數她歷經滄桑的過往？此情此景，怎不叫人滴下幾滴感動的淚珠。

這時候正好公車子到來，我趕忙跳上車去，因為，我已不忍心再看到那蹣跚的步履和微僂的背影。就因如此，讓我真正感受到，天下父母心，母親辛苦懷胎十月，才「痛苦」的生下我們，父親拚命工作，為了賺更多的錢來布置接納我們的小天地，這應該就是小嬰兒為什麼一出生，總是一陣大啼哭的原因吧？因為他（她）們小小的心靈裡，除了感恩之外，尚存有那一份「愧疚」在吧！

即至漸長，父母又要為我們貪玩不喜歡讀書，以致成績一落千丈而生氣，甚至還會慘遭一頓狠心的毒打，雖然當時我們總會痛得大哭一場，但用朦朧淚眼偷偷的瞧，定會發現父母眼角同樣掛有淚珠；等到我們成年後，父母又要為我們出遠門而傷心，也會為我們將來的出路操心，更要為我們的終身大事煩心。以前，當我年紀還小時，天天待在父母身邊，總覺他們管我太多、太嚴了，直到有一天，我長大了，且又投身軍旅，難得有承歡膝下的時間，因此每次放假回家時，總會見到父母臉上的皺紋又變深、變多了，髮際也漸增幾抹灰白了。這時我才真正感覺到，父母對我們的養育之恩，正如同他們臉上的皺紋一般，與日俱增，更像他們頭上的白髮般，難以數計，為什麼以前我都沒能發覺到呢？

或許，有時候父母保守的思想觀念，真的無法適用於這個開放的現代社會。但是，可以肯定的是，父母關心子女的愛和無限包容的心，永遠都不會隨著時空的更迭而稍有改變。當我們學業退步了，依舊會遭受一頓毒打，但也可以從那一雙深情的眼眸下，獲得一絲鼓勵；當我們事業挫敗時，我們沮喪難過，那雙溫暖有力的大手，會適時帶領我們度過難關，直至東山再起；當我們濫交損友，甚至誤入歧途，在那懸崖邊，會苦口婆心拉我們一把的，是我們的父母；當我們感情不順遂，會輕聲細語撫慰我們的，也只有朝夕呵護我們的父母。

因而，用為人子女多情的心，抒發自己心中無盡的感激，更願以此文獻給全天下的父母，祝福你（妳）們永遠健康快樂，盼望為人子女的，當圍繞父母膝下，必盡孝道；流浪異鄉淒冷的街頭，掉淚思念家中白髮爹娘時，不忘時時捎來你的信息和問候，尤其當隆冬寒夜，將使棉被窩更暖和。

睡吧！離鄉的遊子們，當明天太陽升起時，縱然承受相同的孤寂，但擁有遙遠親情的撫慰，將使你的心中感受到陣陣的暖意。

草綠色的候鳥

有人說：「鐵打的營房，流水的兵。」一梯梯的阿兵哥抽到「金馬獎」，便背著大背包、搭著軍艦，從台灣各地來到金門前線，他們就像每年都會到金門島避冬的候鳥一般，一梯來了、一梯走了、一梯又來了、一梯又走了，如此生生不息。當年金門島上的十萬大軍就像是一隻隻穿上綠色外衣的「鸕鶿」，假日成群結隊穿梭金城、新市街道，在中央公路行軍、太武路段晨跑，他們綠色的身影，和全身黑色的鸕鶿一樣令人驚豔、令人懷念！

記得那一年夏天，天空特別藍、蟬鳴格外的大聲，引領著一群不相識的人兒，從天南、從地北，一起聚集到金門一隅的東沙醫院，這是彼此緣分的開始，儘管眼見一梯梯的新兵報到，又歡送走一梯梯的老兵退伍，抬頭遠望，東沙醫院的天空依舊是那樣的湛藍，微風一樣輕輕的吹拂著，村旁大樹上的蟬兒鳴叫聲不減當年，鐵皮屋的簡陋診療所，儘管油漆剝落，外面候診的病患仍然爆滿，想到這兒，彷彿時間就此停駐。

突然有一天，你們開口向我道別，你們像候鳥一樣，在溫暖的夏天來臨，結伴飛來金門，在寒冷的冬天即將報到時，又將飛離金門，帶給我是一陣的錯愕和悵然的離愁，不知道說什麼，僅能在一群和我一起服務於金門東沙醫院的「死黨」輪調回台灣前夕，大夥在金城某家餐廳餞別時，有感而發作〈永遠的朋友〉，表達我此時的感受：

永遠的朋友
如果你們是我永遠的朋友
為何轉瞬間　就要輕言——別離
難道說
你們真像是急欲南飛的候鳥
一定是的
若不是　不會急於展翅　投向那遙遠的蒼茫
那將屬於你們未知的天空
本以為　你們會在這方溫暖的土地上
落地生根　直到世世代代
誰知道　你們還是要走

即使心中有無比的不捨
又能奈何　只有寄以萬千個祝福
但願你們　能找到下一個溫馨的歸宿
請　不要戀棧過往無情的歲月
只是記取這份誠摯的情誼
即使
走過天涯　飛向海角
依舊會憶起
縱然是胸口永遠的痛
但當檢視傷口時
嘴角還不時留有一抹苦笑
無論如何　你們還是會走

我想
就讓彼此各斟一杯濃烈的金門高粱吧
狠狠的灌下肚去
哪怕　當明日酒醒時
口中尚餘有那份濃烈的香醇
而我們卻已各奔東西
只要無怨無悔　何必在乎相逢在何年何月何日
朋友們　該是揮手道別時
再次祝福你們
讓感傷的淚水　化作無限的期待
期待再次相聚時的——喜悅

是的，你們曾經說過你們是我永遠的朋友，既然是永遠的朋友，就要珍惜這份得來不易的友誼，不要輕言別離，難道說，你們真的要學那即將南飛的候鳥，一刻都不願意停留；如果不是一群候鳥，不會急於展開翅膀，投向那遙遠的地方，那將屬於你們未知的天空。東沙醫院——這是一個令人懷念的地方，大夥相處了兩年七百多個日子，這裡是我們共同努力、辛勤耕耘的成果，每一吋土地都有我們一起走過的足跡，一草一木都刻畫著我們的記憶，我們一起在這裡生活著，有歡笑、有喜悅，縱然其中亦夾雜有汗珠和淚水，卻是我們最美的回憶。

還記得每天一早不敢賴床，在司令台前唱國歌、升國旗，然後點名，全院官兵整隊從東沙村口出發，一路往前跑，經過珠山化學兵基地，再繞東社，然後回到醫院門口，如此日復一日，不曾中輟。尤其每年一度的技勤部隊測驗即將來到，為了鼓勵大家，如果能在限定時間內跑完全程者，隔天早晨可選擇「休兵」一天，而清點後有落隊者，每天下午則須再好好加強訓練一番。

吃完早餐，大家先在診療區廣場集合，然後開始投入自己的工作，有人看門診、有人做檢驗、有人管藥局、有人辦業務，最難忘的是每天門診時刻開始，簡陋的診療所一定擠滿了人，醫院的醫護人員「擠」在搖搖欲墜的小鐵皮屋內，夏天揮汗如雨、冬天冷得直發抖，但是沒有人喊苦、喊累，大家依然兢兢業業的工作，這就是我們服務的熱情。

午餐時，大家在餐廳快樂的用餐，夾著一盤盤滿滿的好菜，這是伙委、採買和伙房食勤兵用心的成果。而輪到自己當伙委時，雖然很辛苦但也令人難忘，辛苦的是每天晚上必須與採買（一名上士、一名下士）待在醫院旁邊的小店想破了頭，有時候還要拚一杯杯五百CC可樂，刺激一下自己的頭腦，才能勉強「擠」出一份大家滿意的菜單；最奇特的是，有一位院長因為腸道有問題，不能夠吃辣的食物，偏偏這陣子醫院來了一位新兵，是做黑胡椒豬排的「達人」，他做的黑胡椒豬排，大家百吃不膩，怎能放過這麼好的時機，所以每次都不能忘記幫院長把豬排先用開水沖過，否則會找罵挨；更難忘的是，有一回買牛肉，或許廠商生意太忙忘了送來，我們只好一通、一通電話的催促，接近中午時，商家才匆忙送來一大塊冷凍的牛肉，東西送到達後，人立即「落跑」，我們被通知到門口衛兵處取牛肉時，當場傻眼了，這麼一大「坨」凍牛肉怎麼煮，只能七手八腳，無奈的用力一片一片的切，儘管雙手被凍得幾乎失去了知覺，還是不敢停下手來，最後終能驚險過關，當「好菜上桌」時，看大家吃得津津有味，我的嘴角也泛出一絲絲笑容，完全忘記前一分鐘拚命的辛苦。

下午四點半運動休閒的時刻，是我們最期待、最興奮的時候，大家放下手中的工作，換上了運動服，有人在籃球場打球、有人在單槓場比臂力、也有人躲進附近的商家撞球，而我們最常做的是一起慢跑到古崗、珠山等地，然後回程到歐厝海灘靜坐沉思，那兒的風景真是美啊！坐在綠草如茵的柔軟地上，吹著些許涼意的微風，望著蔚藍的大海，霎時與塵囂隔離，當然這是我最快意的時光。

假日，我因為住金門，所以放假回家，而你們因為家遠在台灣，為排遣休假時光，最喜歡相約到金城一家叫「龍〇」的商店打電動玩具，還戲稱自己是「龍指部」的成員，其中有軍官和管差假、糧秣、被服……的士官兵，因有此特殊的情誼，在往後的「留金歲月」，你們業務相協助、生活相照顧，就算有人犯錯要被處罰，你們也會跳出來相挺，這種種的過去猶歷歷在目，現在想來，大家當初還真可愛。

如今一轉眼，已過了二十餘年，東沙醫院早已不存在，草綠鐵皮屋的簡陋診療所也已犁平，當年的風華，只留在歷史的一小段紀錄裡，而大家退伍後分散各地，或許已忘了彼此的姓名或容貌，但是當時建立的情感，應該是難以磨滅的吧！

風雨歲月的獨白

（一）緣起

浯江啊！浯江！妳美麗的名字就叫做——故鄉！

妳不息的源泉孕育著我的家園，也曾帶給我一個無憂無慮的童年，更庇蔭著我走上不斷成長的道路。

儘管歲月的滄桑，無情的在人們的臉上刻畫出道道的皺紋，也會把人們一頭烏黑亮麗的髮絲，都染白了，而脆弱的生命也終將會老去，長埋在荒煙蔓草間，最後化做一坏坏的黃土，及至在這個世界上消失得無影無蹤。

可是，妳日日夜夜濤濤不絕的江水，在千萬年之後，依然不停的在那兒流著，流過我的眼前、我的耳際和我溫熱的心。好似在輕輕低吟著那千萬年前所受的苦痛，更像是在微哼著那首屬於我們亙久不變的歌，還是在不斷重覆訴說著那動人肺腑的古老故事？

但是，那不是光怪陸離的傳說，更不會是荒誕無稽的神話，而應該是一個個歷經無數風雨歲月摧折的「往事」吧？因為這是我的先人們篳路藍縷，以啟山林，留下額際、臉頰、心頭的血汗和淚珠，才能譜寫出今天這一頁頁可歌可泣的史章！

由江水時緩時急的聲調裡，我彷彿真正看到他們在那裡辛勤地揮汗耕耘，眼眶中噙滿的是即將要盈溢而出的淚水，他們默默的在與無情歲月搏鬥、在與惡劣環境日夜爭戰。但是，此刻的我，更可以從那一雙雙深邃多情的眼眸中，看到一個屬於我浯島子民嶄新的明天，那是一個充滿希望的光明未來。

縱使沒有妳在那兒娓娓的敘說著過往的滄桑，我們也可以很清楚的知道。因為，今天這一片美好的庭園和豐碩的大地，不正是祖先們在千萬年之後所展露的歡顏嗎？這裡是一方寧靜的樂土，更是一個如詩如夢般的天堂。有鳥兒快樂的跳躍，聽！牠們在枝頭上自由自在的展開歌喉歡唱；有蝶兒怡然的飛舞，看！牠們在花間上翩翩來回的為採花粉忙碌。真是一幅人間最難得且多采多姿的美麗圖畫。

喔！這不是童話故事中神仙般的國度，沒有富麗堂皇的雄偉城堡，也沒有騎著白馬的英俊王子和美麗多情的公主，而只是我溫暖的家，雖不是華屋美廈，卻能使一群灰頭土臉的小孩，在古瓦泥牆下度過一個又一個的快樂童年，其中夾雜著歡笑和淚水，總之有著酸、甜、苦、辣的滋味，叫人一輩子難忘啊！

那夜，大風吹來了，大風又走了；今夜，大雨飄來了，大雨又停了。她——我苦難的故鄉，始終守候我，是我歸航時的避風港，當我遭受委屈不平的時候，她總是一個靜靜聽我泣訴衷曲的忠實聽眾；當我失意難過時，她又是撫慰我受創心靈的良醫，更是不時在我耳邊輕聲細語鼓舞著，讓我有再度出發勇氣的慈母，我多麼的希望她永遠是這般的祥和，散發著陣陣的溫馨。尤其在我非常落寞時，更是極度盼望能見到她慈祥的面容，請不要吝嗇的給我一個快樂的笑吧！

也就是在妳輕聲哼唱著愉快歌兒的同時，魔鬼手上的武士刀，已無情的啃噬去我浯島子民心中美麗的夢想，那刀光劍影，卻也劃出一段黯淡無光的歲月，也傳來遍地的哀鴻，多少的英魂，幻化成天地間的浩然正氣，供後世子子孫孫憑弔膜拜。後來，韃韃的鐵蹄聲，和粗魯的笑罵聲，在族人們英勇的抗拒下，漸行漸遠了！哪裡知道，當大伙歡呼慶祝太平日子到來時，遠處駭人不斷的槍砲聲，卻如雨點般突然臨空而降，震碎了無數快樂的音符，也震走了無憂的歡笑，在那無情的硝煙烽火漫天中，一道道火紅的閃光，夾雜著是我先人們的血汗和淚珠，和被壓抑在喉底無助的吶喊啊！

那一雙雙毛茸茸的魔手，是千年來的夢魘，它如魑魅般如影隨形，帶來了人間痛苦的生離，也帶來了傷心的死別，一場慘絕人寰的悲劇就此展開了。儘管鐵蹄聲已遠颺，但是，可怕的砲聲，多年以後仍舊存留在浯島子民驚魂未定的心靈，和深埋在地底無數忠烈的英魂裡，他們時時在為苦難的家國低吟悲泣，他們在聲聲吶喊著心中的不平。不知要到何年、何月、何日，才能稍稍撫平他們滿是冤屈的心！在此刻，我只能默默的燃起一縷清香，祈禱這一天早日來到！

雖然，我沒能在那一個令人難忘的夜晚裡，親眼見到這些驚人的火光，也無法躬身拭去先人們臉頰上的兩行熱淚，和撫去他們身上累累的傷痕，更不能去安慰他們受創至深的心靈。但是，從我父母、鄉人們痛苦的記憶中，年幼無知的我，依稀領受到這場猶似惡夢的可怕，我真不敢用心去想像。

儘管，我的父母那麼的用盡心思，希望能為我帶來快樂的童年，每思及此，總不免要掉下盈盈的熱淚，在我一生中都會深深感激他（她）們昊天罔極的養育之恩。可是那千年前不絕於耳的槍砲聲，卻依然伴隨在我成長的歲月裡，而且這也是我這一輩子都難以忘懷的記憶！從那一夜延伸而來的苦難，仍舊降臨在我這一代無辜的新生命裡，我沒有對父母有所怨懟，只是默默啜泣的緊咬牙根承受著。

因為，我的心裡非常的明白，父母沒有錯，他們同生長在這塊小島的每一位族人都沒有錯，而且也沒有義務要作別人權力鬥爭的犧牲品。可是，從父母的口中和臉上，可以清楚的看到昔時的日子是悲慘的；在那夜夜砲聲奪走鄉人性命的血肉模糊中，出現的是一張張的猙獰面孔；從族人屋宇被砲彈瘋狂擊中的斷垣敗瓦裡，見到了又是那張牙舞爪的醜陋嘴臉。就是這幕幕的慘劇，奪走了許多家庭溫馨的天倫之樂。這在我稚嫩的心靈，是一個多麼傷悲的烙印，也為我成長過程帶來一段極長的陰影。

可是，浯江啊！為何妳不會生氣？不曾大聲哭喊呢？或許妳曾默默的飲泣著，卻不願意讓我看到妳愁苦的面容，而只希望自己去承受那無言的苦痛吧？由妳宏亮的江水聲中，我聽到的是妳的偉大、是妳的驕傲，我見到的是妳那麼忠實地守護著這塊苦難的土地與芸芸眾生，直至世世代代，妳不滅的精神永遠都會活在「浯島人」的心中，我誠心向妳致上一份崇高的敬意，請接受我深深的一拜吧！

就在妳經年累月的孕育下，我成長、我茁壯了。我的心裡是多麼不願意離開妳溫暖的懷抱，更不忍心去割捨這份猶如嬰兒和母親臍帶般深厚的情感。可是，今天是我不得不揮手道別的時候，縱然心中深感十分的抱歉和難過，但是，我必須去追尋一個真正屬於自己美好的未來，所以，當風帆揚起時，是我遠渡千里異鄉的開始。或許，從此我將要承受無盡的孤寂和空虛，但是請不要用婆娑的淚眼來送我，縱然獨行至天涯海角，不變的是對故鄉舊土那份執著的情愫，行囊裡滿滿裝的，仍然是妳的芬芳，那祖先們曾用血淚和汗珠辛勤耕耘過的那把泥土，更是敵人鐵蹄踐踏、砲彈蹂躪的那一塊土地！

不論經過多少風雨、走過多少歲月，也不管在任何地方，抬頭遠望還是那方星空下皎潔的明月，舉起令人微醺的金門高粱酒，飲盡浯島子民們用血淚釀造的芳香。胸口連綿不絕的思念，是妳浯江蕩蕩的江水，我靜靜用心傾聽的，還是妳的叮嚀和祝福，在遙遠的異鄉訴說的，是那一份千萬年來道也道不盡的亙古情衷！

雖然，曾帶來無窮傷痛的往事，也因此帶走了本該是充滿歡樂的歲月，但是，也為我們這一代及後世子孫們，傳承著綿延不斷的生機和暖暖的親情，也撫慰了許許多多無助的心靈，這是我的故鄉所帶來的驕傲吧！

真幸運，我能生於斯、長於斯，我所不願聽到的，是妳揚起那首悲傷的別離曲，而我衷心盼望的，是妳能夠唱出那首凱旋樂，讓久別故鄉的遊子，在拖著沉重疲憊的身心歸來時，能再投入妳那溫暖的懷抱裡。且讓我再一次，踏踏實實的走在這塊可愛的土地，再重回我熟悉的家門，那午夜夢迴時，我一心一意思念的家園。再也不會有人能強行將我們分開了，就算是歲月的更迭，也只能刻劃出深深的皺紋在我的臉上，也可能改變我的形體，但是，永遠不變的是，我對故鄉這份堅貞不移的情緣。

喔！還有一杯高粱酒，乾杯吧，故鄉！我將飲下的是妳陳年的芳香，願妳生生不息的江水，化成浯島不滅的香火，裊裊中，永遠庇祐著浯島虔誠的子民，和這塊歷經無邊苦難的大地吧！

我沒醉，不用扶我，只盼望不絕的江水，能再陪我走過這段未來的日子，請答應我吧！

（二）哇——

春天過去了，夏天也走了，數過無盡星辰，望見多少楓葉，和覆蓋大地白皚皚的飛雪。在不知不覺的時光穿梭中，我走過了廿多個寒暑，也帶走了流逝不再回頭的亮麗年少，更讓我在無情的滄桑往事中，踏上了一段長長的孤寂歲月，和無數個徘徊無助的日子。但也因此驚覺到自己原來是在成長吧！

可是，我的心中卻十分的納悶，也常常禁不住要問自己，一個人的成長，為什麼總是要在孤寂中度過，為何要刻意隱匿童稚的純真，換成一臉的憂鬱，以追求那虛無飄渺的「成熟」之名呢？莫非這就是成長過程中所必須付出的代價，只是這個代價對我來說，似乎是太大了。

我，在廿多年前的一個平凡日子裡，呱呱墜地，而我的故鄉是一個四面環海的小島，我的村子有大片綠色的原野，蔚藍的萬里晴空下，偶然夾有幾抹淡淡雲彩，緩緩的從頭頂飄過，湛清如明鏡般的溪流裡，魚兒在水面快活的游著，空氣中沒有任何污染，呈現出的是一個清新的天地。因此，帶給我的是一個活蹦亂跳的快樂童年。

在家中我排行老么，上有兄姐。每一個人的心裡自始至終總希望自己活在這個世界上能夠有很多人能關心他、瞭解他，當然我也不例外。很幸運的是，從小我的家人和學校的老師們都很照顧我、關心我，就是在他（她）們的潛移默化下，帶給我很多人生的啟迪，這是我一輩子都難以忘懷的往事。

因此，從小到大，我的心中時刻充滿的都是感恩之情。但是，儘管如此，當我成績低落時，有多少人鼓勵過我呢？太多的人對我是冷嘲熱諷；當我做錯事時，又有多少人會教導我呢？大家對我是交相指責；當我失敗時，有誰安慰我再站起來呢？太多的人都是在那裡幸災樂禍。總之我的人生是孤獨的，有誰了解我心裡的寂寞和苦楚呢？我敢大膽的告訴大家，我從來就沒能真正感受到那一絲絲的溫暖，因為沒有人能夠了解我。

而我的心裡更是時刻在吶喊著，我有話要說，但是大家都好像有忙不完的事要做，有誰會願意聽我慢慢的訴盡心曲呢？從來都沒有人會停下手邊的工作，坐下來聽我說，大家殷切期盼的，也只是希望我能知道用功讀書而已，最好是整天都埋首在浩瀚的書堆裡，毫不間斷的啃讀著書本，其他什麼大大小小的事情，都不必去操半點心，就算是天塌下來，反正也有人會替我頂著，我又有什麼好擔心呢！

父母為我從小安排的那條路，應該可以說是非常平坦且寬廣的，在他們直覺的想法裡，我應該不會受到任何的風吹雨打，更不會有半絲煩惱才對的，只要我願意努力，這條路相信一定會走得很平順才對。而在這樣預期的生活下，最後終將會大放異彩的，或許這就是大人們口中所稱頌的「光耀門楣」吧，而我又何嘗不希望如此。

但是經過一段不算太短的歲月裡，我曾經試圖努力掙扎過，也曾經強求自己緊咬牙關，默默去承受那一切加在身上的打擊和考驗，畢竟一個人又能有幾個廿年呢？可是最後，我依然要傷心難過地告訴大家的是，我又失敗了，害得大家對我殷殷期望無法實現。

我想說的，如今唯有一句抱歉而已，或許這麼一句抱歉並不能代表什麼，也不能去縫補那些破碎的心，可是大家應該明白，我多不願意如此做，在我心底深處，依然時刻都在鞭策著自己不泯的良心，不論身在何方，我都要努力，因為我不正背負著祖先萬年的基業，和後世子孫們不息的生機，我該發宏門風，而不只是在辱沒他們才對的。

我不想說什麼（其實也是不敢說什麼），只怪自己天生就是不拘小節，而不願意受到任何的束縛，且又是喜歡幻想的人，我討厭的是那些從沒有為我帶來樂趣的人生，我會覺得好無聊喔！

（三）上學去了

幾年之後，從滿是花花綠綠彩色圖畫的教科書，換成密密麻麻盡是文字的課本時，我的心裡有說不出的厭惡啊！雖然父母和師長都曾苦口婆心告誡我們，不要刻意去逃避課業所帶給我們的壓力，因為這是人們必須經過的一段人生旅程，唯有如此的過渡，才能生存於這個世界上，否則將會漸漸被這個社會所淘汰。但是，大家心裡都非常明白，這是一個「病態」的現實社會，可是沒有人能夠抗拒它，因為，若是沒有能力去接受，或是不願意去接受它，都將成為大家所唾棄的對象，最後將被這社會所拒絕，而走上自我滅亡的路。哦！好殘酷的事實呀！

有道是：「人在江湖，身不由己。」唯有試圖強迫自己去接受這個已成為事實的「錯誤」，否則又能如何呢？只有暗嘆無奈罷了！可是經過這段漫長的日子，突然間，我發覺自己走得好累、好累，真的好苦、好累喔！

我一心一意，嚮往的是海闊天空的意境，更希望世上真能有那麼一個地方，讓我久疲的身心，能夠好好休息一下。正因為如此，在這多變的現實社會上，我注定要「失敗」的，不是我不願靜心去欣賞這世界美好的一面（因為別人都說它存在），也不是我有心要咒罵社會的黑暗，和人心的自私和齷齪，而是我們實在受害太深了！

為什麼這「美麗」的世界要這般對待我呢？或許這該怪我自己沒能聽從大家的話，安心地好好用功讀書吧。也或許真是自己年紀太小的關係，直到今天，我猶然不解這鬱積多年的心結，嚮在空中、鳴在耳際，依然是要我埋首苦讀的催促聲。

從小學開始，讀書對我來說，也只是一時好奇而已，因為我可以藉此機會認識很多的玩伴，而且每天又能有好多好多的遊樂設施可以玩，這對於在家中已悶得不知有多少年的我，無疑是一項恩賜和解脫，讀書又有什麼不好呢？況且，每天看著兄姐背著書包上學去，好神氣喔！而且，放學後又是笑容滿面，天天有說不完的學校新鮮事，這對我小小的心靈來說，是多麼值得羨慕的事，我私心裡期望，自己也能很快過那種生活，那該多好。因此當我背起那「神氣」的書包，過著學生的生活，剛開始天天有得玩，考試時隨便看它兩眼，成績單發下來，不是一百分，也有九十九分，常常可以在大家面前炫耀一番，你告訴我讀書是多不好的事，我真不敢相信。

可是日子久了以後，我漸漸發現自己討厭讀書，或許是我已經覺悟了，也或許是因為自己成績越來越差的關係，每天讀得死去活來，考出來的成績還不都是那幾分而已。因而在我直覺的想法裡，讀書還有什麼意思呢？所以每回成績單要發下來的那幾天，我的眼皮便會跳得特別厲害，但我根本不用去猜測會有什麼事情會發生，因為我早已預料到會是什麼結局，回家總是難逃一頓毒打罷了。而那時我不會去怨誰，只怪自己為何會討厭課本。曾有那幾次，一股衝動想把所有的課本一頁頁的撕下來，丟在大火中，讓它們在熊熊烈火裡慢慢化作一堆灰燼。可是我又何嘗有勇氣如此做呢？而且課業早已壓迫得我快喘不過氣來，當然也就免不了要接二連三的挨打，也成了我年少抹不去的夢魘呀！

但在我腦海清晰的記憶裡，童年的歲月猶然是那般的美好。我在美麗的鄉村裡長大，一眼望去碧波千里，耳際聽的盡是婉轉鳥鳴，徜徉在這一片翠綠的田園中，擁抱的是湛藍的天空和清澈的溪流，我常在想自己真的太幸福了，能夠生活在這片沒有污濁空氣的土地裡，澄清的溪水裡，有抓不盡的魚蝦，又無都市中擾攘的塵囂，駛過的車子都深怕引擎聲破壞她的寧靜，此情此景，讓我覺得自己好像是身處在靈山幽谷隱居學藝的俠客——師父，徒兒要下山行俠仗義去了，請受徒兒誠心的一拜吧！哦！看劍吧！

可是，我的中學時代卻不像我的心境般那麼如意，有時候還真不願意去多想它，只希望往後的回憶，沒有這段令人傷感的過往。其實如今當我每一回首時，我的眼裡根本沒看到自己留下的腳印（或許曾有過，只是被時間所磨滅也說不定），有的只是一幕幕難忘的記憶，卻歷歷如昨。

在學校中，我可以說沒有真正知心的朋友，只因為我不是優秀的好學生，每個人都用鄙視的眼光看著我，誰叫我的成績不好，而且又沒有半樣特殊的才藝，所以，在同學群中自己常是孤獨的人兒，整天渾渾噩噩，真不曉得生存在這個世界上還有什麼意義呢？但我又不敢且不甘心就這樣結束自己短暫的一生，因為我覺得若這樣消失在這個世界上，還不是像一顆小雨滴掉落在大海中一般，根本引不起人們多大的注意，所以從此以後，我可以說是在「忍辱偷生」罷了。

我常常希望的是別人能多看我一眼，讓我有那一種存在的認同感，但是，卻從來都沒能真實擁有這種感受。每次放學之後，我依然獨自一人漫無目的的走回家，路邊美麗的景緻，始終都打動不了我封閉的心，偶而踢踢路上的小石子，倒也覺得無聊透頂。「朋友」這字眼，對我來講好陌生喔！更別說「知己」呢。知己到底是什麼東西呢？難道它就是武林中傳說的無價之寶嗎？哦！多麼遙遠的真實呀！

當然，我童年時的七彩幻夢也在這時破滅了。爸爸、媽媽、老師和同學，求求你（妳）們，還給我昔時的歡顏吧！我不敢再做小學作文裡所寫的當總統、老師、科學家、發明家等「大人物」的夢了，現在的我，一心只希望自己是一介市井的「小人物」，那樣就好。但是，父母用那駭人的棍棒告誡我，老師用細細的教鞭訓誨我，人們用那不齒的言語嘲諷我，這是不可行的。我只有偷偷吞下那滿臉的苦澀淚水，想想自己若還希望能踏著明日的薄霧晨曦，邁向另一個嶄新的一天，當然又必須再次承受一切將加臨在我身上的「苦痛」了。

（四）抉擇之後

隨著歲序的更替，在歡笑和淚水夾雜中，我踏入了人生另一個階段——高中。當然我必定又要讀更多枯燥無味的課本了，課堂上老師講課的聲調，儘管是抑揚頓挫、鏗鏘有力，十分動人心弦，但是聽進我的耳朵裡，卻多像是催眠曲。總叫我覺得像是兒時躺在搖籃一般，真是舒服呀！

因此眼皮也就常在不聽使喚下，漸漸闔了起來，夢周公去了。咦！「周公」不就在前面向我招手嗎？我得趕忙過去寒喧一番，只有無奈回頭說一聲：「親愛的老師，對不起了！」

有些時候，坐在教室裡，無神的望著窗外，還真的有點羨慕外面那些吱吱喳喳的鳥兒們，在枝頭上跳來跳去，多悠哉啊！多快活啊！我常常希望自己就是那鳥兒——多好，可以天天自由自在的在那兒蹦蹦跳跳，無拘無束的邀請宇宙萬物，當我引吭高歌的忠實聽眾。可是，爲什麼我偏偏是一隻「籠中鳥」呢，那小小的的牢籠，是我最寬廣的天地，不知道要到那一天才能躍上枝頭，飛上青天，真是可悲啊！

因此，在高中這個階段，我同樣受到一連串的打擊和挫折，差點就使我放棄一切，但後來在家人無比愛心的鼓勵下，無視別人的嘲諷，收起滿溢眼眶的淚水，露出一抹無奈的苦笑，繼續的走下去。因為我知道，別人都不會明白我心中的苦楚，我若退縮，那也只是徒然讓人笑我是懦夫，於事又有何補？所以，我唯有默默的自我摸索，暗暗的掙扎前進，不可避免的又將會遭遇很多的難關，畢竟那些生硬的教科書，始終是叫我討厭。此刻我多希望能早日拿到那張文憑，也就是大家拚老命只為能拿到的那張「紙」，真是奇怪的人類喔！為什麼薄薄的一小張紙片，竟有那般大的魔力，讓人願意為它拚命呢？直到今天，依然令我十分不解。

左顧右盼，這令人興奮的一天，在千呼萬喚後終於來到了，這將成為我人生的一個重要的轉捩點，但是，我卻要面臨一個極棘手的抉擇——進軍校或拚命擠進大學的窄門（當然一定要補習，應該是如此才對？可惜沒試不知道），後來，幾經思量，獨排眾議，自己做了一個「明智」的選擇，我進入了軍校。直到現在，經歷多年的軍旅生涯，心中猶然不解，自己當年的心態，是急流勇退？抑或是膽怯逃避呢？為什麼我會放棄那十年寒窗苦讀後，唯一可以揚名立萬的絕佳機會呢？或許是自己明瞭，機會對我來講是渺茫的，何必去白忙一場呢，也或許是覺得，終究還不是要成為聯考制度下的「犧牲品」，狹窄的金榜何處有我題名的地方？罷了！罷了！

而為了順利走進軍校大門，我毅然在家人淚眼相送下，提了簡單的行李，離開家鄉，遠渡重洋，投身在一個霓虹燈閃爍的異域街頭。哈！現在的我，不就是一個「浮雲遊子」嗎？揹起了行李，漫無頭緒的走在那人車擁擠的陌生街頭，望見的是張張忙碌的臉孔，驚悸中帶有幾許的冷漠，讓我感到心裡好害怕，好想大哭一場喔！唯一親切的是，高高聳立在路邊的路燈，「她」好像是在我故鄉的慈母，日夜在那兒守候著我平安歸來，她好似在叮嚀我自己保重身體，有時候還真想抱住她，雖有幾分冰冷，卻散發無比熱能的昏黃燈影大哭一場，尤其在這夜深人靜時，直叫我好想家，故鄉啊！爲什麼此刻，我卻牽不到妳那充滿熱情的手呢？

所以，在每一個寂寞的夜裡，躺在床上，總是輾轉難眠，腦海裡惦記著，依舊是故鄉美麗的容顏，和自己過去一幕幕深刻難忘的記憶。可是，當隔天早晨醒來時，揉揉惺忪的睡眼，發現眼角尚留有一絲昨夜的淚痕，才驀然驚覺，咦！昨晚自己究竟是何時睡著了？

還記得要離開故鄉的那一天，夜色昏暗，天上猶下著綿綿細雨，好像天公也在為我淚眼相送，我忍住即將掉下的淚珠，勇敢的踏上自己未知的「征程」。坐在車內，大家的心情看起來都非常的沉重，不知過了多久，彷彿時光經過了好幾個世紀，原本誰都不願開口，不知道誰先打破這個沉默，提議大家何不一起唱歌，打發時間呢？此後，大家才稍微放開悲悽的心門，震耳欲聾的歌聲直可蓋過車子隆隆的引擎聲，而我卻獨自仔細用心地望著車後，在夜雨蒼茫裡往後倒退的一景一物，這是我離別故鄉前，對妳再一次的巡禮，且讓我用肅穆虔敬的心向妳——敬禮吧！

喔！再乾完這最後的一杯酒吧。沒有什麼好傷心難過的，也並不像唐朝詩人〈渭城曲〉中所云：「勸君更進一杯酒，西出陽關無故人」的荒涼情境。縱使此去揚帆千里，也只是為了要去追尋自己美好的未來，大家該為我高興，而多給我一點愛的鼓勵才對，讓我有信心能像故鄉的佳釀「金門高粱酒」一樣，入喉後有那一股非常濃烈的衝勁，一路直衝向成功的未來。那時我將會再次重投妳溫暖的懷抱裡，請張開雙手迎接我的「衣錦還鄉」吧。

現在的我是一個日夜思念故鄉的遊子，但是卻找不到歸期，在這茫茫人海中，我迷惘的心，有遠大的理想和抱負，不論再大的困頓、再猛的的風浪，依舊阻擋不了我時刻向前努力的勇氣和決心。相信總會有那麼一天，勝利的凱歌是指引我踏上歸鄉路的明燈，我疲憊的心，或可得到一絲寧靜的憩息，給我再衝刺的熱能吧。

你們看啊！那盞永不熄滅的明燈，就正在不遠處那昏暗的港口上閃爍著，那柔和的亮光，好像在歡迎著我的歸航。故鄉啊！故鄉！我又可真正擁吻妳甜美的芬芳了。

（五）另一個起步

哇！我終於畢業了，從我以雀躍的心情，領到畢業證書的那一刻起，軍服上的領章由學生換成軍官的階級，這雖然令我興奮不已，但相信這代表的是榮譽，更是一種責任。在度過了近千個日子後的今天，軍校生的甘苦生涯，也將在驪歌響起的此刻，畫出一個圓滿的句點。對我來說，這一段日子是既漫長而又艱辛的，或許在別人的眼裡，這不過是人生的一小步罷了，根本不值得一提，但這段時間，確實是我一生最難以磨滅的記憶，就算以前的自己是一片空白，可是經過軍校的洗禮後，我終於可以在這片空白的畫紙上，揮灑出自己年輕昂揚的色彩。

雖然今天肩起的官階，有點是童話故事中醜小鴨一夜間變成美麗的天鵝般的神奇，但卻絲毫沒有得意忘形的醜態，因為我不想因此就迷失自我的方向，畢竟路是越走越長，往後的自己，所要學的和要做的事情還很多，雖然這神聖的使命，是一個沉重的擔子，但是我的心裡卻不因此而感到惶恐，因為，我有那份堅定的信心和決心，總可以讓自己的心篤定多了。所以，我將有再勇敢走下去的勇氣。

不久我分發到台北關渡師，營部在基隆，營區旁邊就是八斗子漁港，報到的第一天，眼前的美景深深吸引著我。放假時，還常跑到基隆港看夜景，美麗的浪花輕輕拍打，鹹溼的海風迎面拂來，好舒服喔！最喜歡看船兒歸航，點點的漁火，讓我真的好想家，不知要到哪一天我才能回家？而時間就在不經意間一天天的過去，牆上的日曆也已撕完最後一張，又換上新的一本日曆，是的，又快要過農曆年了。連隊上一面積極加強戰備整備工作，一方面又正在熱烈展開過一個轟轟烈烈新年的籌畫事宜。總之，弟兄們嚴肅的臉上，也可以感受到那一絲過節的喜悅，輪到過年休假的弟兄們也都默默在整理返鄉的行李，打算回家與父母家人好好團聚一堂，吃那一頓豐盛的年夜飯。而我的家卻遠在重洋之外，今年是生平第一次沒能返鄉過年，心中難免會興起那股莫名的感傷。站在灘頭上，望著波波的白浪，漂來又退去，不知是否能幫我帶回我的思念和祝福，傳達給我故鄉的親人，說我依然念你（妳）們如昔。

每天一攤開報紙、打開電視，報導的都是人們準備返鄉過年，排隊爭買車票的新聞，而得到的都是同在異鄉的同學、親友們即將返鄉省親的消息，可是，我卻不能夠與他們一起同行，心裡只希望家人能給予最大的諒解，雖然我已年餘未曾返家過，但是我早有心理準備，既然當初決定穿上這身軍服，走入部隊，代表的是將會走進一連串的孤寂裡，唯有將個人一己的私心，化為保國衛民的大義血忱，也才能提出最大的保證，將為我苦難的中華民族，開創一個更美好的明天。

今天，我雖踏上一個陌生的環境，看到的也都是一群陌生的面孔，或許明天將再投入另一個陌生的地方，再看到的也是陌生的面容，但我不會心驚膽戰，畢竟人的適應力是無窮的，我該做的是全心全力投入自己的工作，否則不僅會造成自己的痛苦，也會為國家民族帶來難以彌補的遺憾。此際我的靈台一片清明，我早已參透了，孤寂對人來說，何嘗不是一種考驗？雖不至於說是一種享受，但在極度無奈的情況下，只要心境常保持平靜，必可安然的走過這段憂喜交雜的歲月，而且也能常感受到，那另一番多采多姿的生活情趣。

因此，我極力的強迫自己，去忘記過去的那一切加在自己身上的痛楚，因為今天我將提著行李，返回故鄉——金門。我那朝思暮想的家園，有我慈祥的爹娘，在那倚閭望我早歸；有我熟悉的足跡，待我一一去重新尋覓。當我踏上料羅碼頭，放下行李，深吸一口清新的空氣，我不禁仰天高喊：「爸爸，我回來了！」

（六）歸回家園

當我意氣昂揚的回到故鄉以後，最想做的一件事，是能夠回家一趟，畢竟自己已一年多沒有見到家人，心裡還真蠻想念他（她）們的。回金門的第二天，終於如願以償，可以抽空回家了，我與家人見面時沒有抱頭大哭，也沒有喜極而泣的場面，只是默默的讓自己的情感抒發在心底深處。

往後當然又經歷一連串的考驗。也讓我感受到軍旅生涯中艱苦的一段時光，而我的駐地是在我的家隔壁村的一個坑道內，每天伴我的只是一片青山綠水，和清風明月，完全遠離塵囂。雖差可稱為一處世外桃源、人間仙境，只可惜此時的我，已無心思去欣賞。

在部隊中，每天看到弟兄們臉上燦起笑容，就是我最大的快樂和安慰。想想自己還算年輕，又無牽無掛，不也是一種超然的享受。突然有那麼一天，有一位新入伍的弟兄問我說：「排長，請問你今年幾歲了？」這時我才驀然驚覺，又是一梯新兵踏進部隊來。唉！我又老了，使得我逐漸不再像以前快樂，父母親的熱切關懷，讓我每次回到家門口時，總覺得有那一股以前所沒有的壓力存在。我也才覺得自己的青春年華，原來在不經意間，盡消磨在那些滿布塵土的荒草亂石中，滿身污泥的草綠服，竟沾滿了自己青春的悲哀，指縫中溜過的歲月，卻絲毫不留半點痕跡，有的只是臉上的皺紋更深刻而已，終於令我有那一點點恐慌。因為還有很多心願未了，也還有很多該做的事未做，多希望能夠天天十八歲，只是滿臉「滄桑」，告訴別人我年齡的秘密，雖然我極力用年輕的心境，來掩飾自己逐漸老去的年華，但是我卻怎麼也騙不了自己，有時候常在心底吶喊：「我該怎麼辦？」

一年多以後，我又換了一個新單位，那是一個遙遠的村莊，營區就跟民宅連在一起，來到這兒，總感覺到這裡有一份說不出的荒涼。多少的空屋，在時間長河的侵蝕下，真的倒了！屋內的蔓草，幾已越過牆頭，隨風搖曳，猶在訴說著生離死別的悲傷，輕輕撫摸著那一堆堆殘垣斷瓦，我曾試著找回它昔日的風光，只是今日人去樓空，已不復往日的光采，老舊的供桌上，布滿塵埃的香爐，該有昔時屋主緬懷先人的虔誠香火吧？可是，以前種種，而今安在？不禁令人一陣鼻酸，心底油然升起一股「滄海桑田」之喟嘆。唉！真是可悲啊！

在這無人的午后，望著這一間間傾倒殘破的古屋，讓我不禁要問自己，到底是歸人？抑或是過客？爲什麼我注定在這風雨歲月裡獨自流浪呢？不知何時才能找到自己的歸途？或許在千百年後，只能聽到我在那兒獨白，在那兒敘說心底的孤寂。我想明天將又會是一個艷陽天，哪怕又將要揹起行囊走天涯，也無怨無悔。

再會吧，我的故鄉、我的親人，期待明天太陽昇起吧！我將再回來了！

小兵找不到原來住的坑道

當軍人可以用「居無定所」來形容職務調動的頻繁，但在金門唯一能肯定的是，不是住在碉堡，就是住在坑道裡。從軍校畢業下部隊到退伍，近五千個軍旅歲月，除了在關渡師三個月是住在現代的地上建築物，返回金門後，東沙醫院、小徑救護車連過著短暫碉堡日子外，其他都與坑道結有不解之緣。

自台北關渡師輪調回金門南雄師，住進中蘭九八坑道，它雖然不大，兩條主要坑道卻擠下營部連、步一連、步二連、步三連等四個連，大家平日生活在一起，通常一個連值星官喊起床，其他連的弟兄都能清楚的聽到；全連弟兄住在大通鋪上，非常的熱鬧，只是因為坑道內潮濕，平時構工、訓練、行軍、測驗、演習、戰備……等等，佔去大部分的時間，以致於衣服、棉被等無法常在大太陽下曝曬，霉味使得坑道的空氣變得很污濁，常年都必須忍受那特有的「兵啊味」了；到了吃飯的時刻更是痛苦，大家擠在小小的多功能中山室，一邊享用餐點，還得隨時抬頭觀察，以免上面石壁的水滴滴下來，否則這餐飯就別吃了。所以我們的餐桌，從來都沒有一天是整整齊齊的排列，常常要東挪西移。

晚上帶連上弟兄到村口大浴室洗澡前，當大夥把穿了一整天的野戰鞋脫下，因為空氣不流通，那種臭味真是筆墨難以形容啊！而因坑道挖鑿的技術和工具的限制，加上物質材料的缺乏，所以無法做太多的隔間，所以在大通鋪睡覺，只要有一個人打呼聲大一點，就會聲傳千里，那就別想好

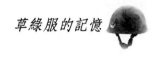

好睡了，幸好因工作和各種訓練累了一整天，大家往往倒頭就睡，完全不理會身旁有多大的聲響了。

坑道內除了人多，老鼠也很多，而且一隻隻「養」得又大又肥，由於坑道電線是裸露在外，常常可以看到老鼠耍特技走鋼索。更可惡的是要抓牠剁尾巴，好繳到師衛生連彙整送山外鼠防處處理，卻怎麼抓都無法湊齊上繳的數目，只好每個月回家求助家人及鄰居，在大家的幫忙下，才勉強能達成任務。而最扯的是有一回我的醫護士「天才老莫」，從南雄醫防組扛回一袋毒鼠藥後，可能是到山外「打茫」半天太累了，就把它往一堆擔架後面塞，然後就不管它。隔沒兩天，整個坑道內老鼠的腐屍味四起，營長當然也聞到了，把我找到營長室嘉許一番，說我終於想到法子消滅老鼠了，只是要我特別注意，無論如何不要讓鼠屍留在夾層內太久，以免污染環境，影響全營官兵的健康，讓我一時丈二金剛摸不著頭緒。這時我才想到我們是領回毒鼠藥，只是還沒拿出來布餌，怎麼會有人搶先一步呢？仔細一搜巡，發現原來貪吃的老鼠「自投羅網」，把我們未開封的毒鼠藥咬得亂七八糟，此時才真相大白，真的「冤枉」我了。

到了東沙醫院、救護車連是住在半碉堡的建築內，空氣是比較流通一點，有坑道冬暖夏涼的特性，但還是會有陰冷潮濕的現象，只是情況比較輕微。後來，住進後指部經武坑道，四通八達的坑道中，擠進有工兵組、經理組、運輸組、軍醫組、……等，平日到各相關科組會文、早晚點名、進餐廳吃飯時，都會從坑道頭至坑道尾來個「大閱兵」，三五學長、學弟相聚「打屁」一下，是常有的事。最高興的是停電時刻，整個坑道烏漆嘛黑，大家都可以到坑道外透透氣，望遠凝視，吸收新鮮的空氣，不是坐在坑道口談天說地，就是到財勤處撞球室撞球，享受一下悠閒的時光，如果永遠停電多好。

進了中外聞名的花崗石醫院服務，那是世界上唯一一座深藏於花崗石山岩下的醫院，因為戰備的需要，四通八達，坑道口都有厚實的防火防毒門，平時檢查時都要好幾個人才推得動，據記載是花了兩年多的時間，犧牲多位的弟兄才順利挖鑿成功，讓我們後來享受的人感念不已，在花崗石醫院未裁撤前，政戰處每年都會固定時間安排全院官兵，到醫院上頭擺神主牌的廳堂祭拜一番，後來使用的單位是如何處理就不得而知了。坑道經過多次的整修，有九條縱橫交錯的主要通道，病房區、行政區、官兵生活區……等都很齊備，走進裡面幾乎感覺不出是進到了坑道。

直到八十九年於花崗石醫院退伍，揮別了軍旅生涯，也正式結束了多年的坑道歲月，在每一個充滿記憶的坑道內，我可以娓娓道著它的過往，曾滴下汗珠辛勤的工作，淌著辛酸的淚水，然也帶來些許的歡笑，如今這一切的一切已遠離，雖然彷彿如昨夜才發生一樣，卻僅能在夢中追尋了！

現今，值此國軍轉型期，當年十萬大軍「壓境」時，滿街都是穿著草綠服的軍人，四處趴趴走的盛況已不在，不用談「撤軍」，金門不是已走了剩那麼一丁點嗎？但是我們曾經生死與共的坑道、碉堡，於今安在呢？不是拆掉夷為平地，就是鐵門深鎖，看到的只是一處處廢墟。

雖然說軍旅生涯只是一個過渡，何值大書特書，在此為文只是為喚起些微記憶，我們的弟兄漫漫走過昔日流血流汗的地方，本該得到一些「慰藉」，卻要哀怨的說：「報告長官，小兵找不到原來的家。」這是多麼悲哀的事。我住過的擎天水庫九八坑道、東沙醫院外頭擺上拒馬，救護車連鐵門擋道，根本進不去，連世界聞名的地下化醫院——花崗石醫院也鐵門深鎖。現在還聽到一個「天大的笑話」，花崗石醫院要變成產業博物館，不知道曾經在裡面服務的老戰友，是否願意組團舊地重遊？看看自己昔日為金門軍民日夜不眠不休打拚，不僅無法留下一點小紀錄，現在還要被

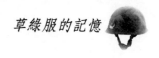

「掃地出門」。我想還是多喝一杯金門高粱，救救金門的經濟，不要再睹物思情，以免徒傷悲。

草綠服的記憶

（一）和著鄉愁的台北湯圓

大兒子喜歡吃包花生餡的大湯圓，小兒子喜歡吃紅豆小湯圓，我則兩樣都喜歡吃，所以孩子的媽常為了順應「民意」，早餐常見湯圓的身影，每回在熱被窩裡，只要一聞到湯圓的香味，孩子們就趕快起床穿衣服，盥洗完畢後，馬上衝下樓吃湯圓，看他們吃得津津有味，我的心中除了有一絲暖意外，還有些許的感嘆！羨慕他們的天真、他們的無憂無慮，卻也感嘆時光的飛逝，空留許多愁啊！

小時候，天天盼望冬至的來臨，不是高興有湯圓可以吃，而是歡喜能和大人們七手八腳搓湯圓，看粒粒紅白湯圓相間的美感，也看自己搓出奇形怪狀的湯圓，那份喜悅之情，真是筆墨難以形容。但是，真正喜歡「吃」湯圓，則是在我軍校畢業後，分發到關渡師基隆營服務時，那時已離家兩、三年，不僅無法吃到家人準備的冬至湯圓，冬至搓湯圓的快樂時光也離我越來越遠。每天獨坐在營區門口，望著八斗子漁港點點的歸帆，想的是家，看著忘憂谷穿梭不息的遊客，想的也是家，放假時到基隆碼頭旁等車時，看到鐵灰色的大軍艦、聽到熟悉的汽笛聲，想起自己當年離家上軍校時，坐上大軍艦，聽到的也是這樣的汽笛聲，想到的還是家啊！所以這段等車的時間我特別懷念。

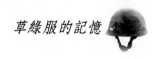

每週放假時，當我坐上從基隆往台北的中興號客運，都已是晚上九點多了，車上只有二、三個乘客，大家雖然歸心似箭，但意志力驅散不了睡意，只能低頭沉思或閉眼小睡，我也無心觀賞窗外的風景，尤其時值冬夜，再加上獨自一人在台，感覺夜晚的天氣格外的淒冷，走在街燈黯淡的小巷子，路上鮮少行人，完全跳脫白天人聲鼎沸的盛況，只有街腳那間小小的湯圓店，昏黃的燈光下，依然高朋滿座，望著紅白亮麗的湯圓在鍋中的滾水裡跳動，我熾熱的心也隨著起伏不定，讓我又想起小時候家鄉冬至的湯圓，當捧著老闆送來的那碗熱騰騰的湯圓時，手卻是冷的，小心翼翼地將湯圓送到口中，顫抖的身體也暖和了起來。所以，每次不管時間再晚，一定造訪這家不起眼的小店，吃一碗和著鄉愁的台北湯圓，為了是能感受那一絲絲的溫暖。

後來輪調回金門南雄師，依舊對湯圓情有獨鍾，雖然成天被鎖在擎天水庫旁的「九八烏龜洞」，每天，天未光、狗未吠，便學那公雞晨起高聲鳴叫，然後整隊順著太武山路到山外圓環跑五、六千公尺，吃完早餐帶著弟兄外出作工，鑑潭山莊、田墩海堤、柳林路圓環、湖前、前埔教練場……等等地方，都可以見到我們忙碌的身影，營測驗前我們還要抽空做射擊訓練，從營區步行到新塘靶場，真的好遠喔！晚上不是查哨、夜行軍，繞行金門的每一個角落，就是在籃球場能聽到我們刺槍的震撼聲。儘管如此，偶而偷閒放假時，也要到中蘭、小徑、山外的小吃店，點上一碗熱湯圓，品嘗那一點點剩餘的「感動」。

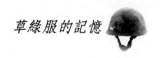

（二）我在東沙醫院的日子

離開南雄師後，我到了金門偏遠的東沙醫院服務，近兩年的時間雖然很短，到如今卻記憶深刻，因為那是我離開苦命的野戰單位，所到的第一個後勤單位，因此，在我軍旅生涯中，我特別珍惜這一段的記憶，其中酸甜苦辣，五味雜陳，令人印象深刻，迄今想來，猶百思不解的「靈異事件」，最是教人難忘啊！

東沙醫院在當時是國軍三級野戰醫院，雖然無法與花崗石醫院相提並論，但也可以說是金門西半島軍人和鄉親的大醫院，每天門診時刻開始前，一定擠滿了人，可是診療所卻只是一間簡陋的鐵皮屋，整間屋子從屋頂到牆壁都漆上草綠色油漆，因為經過風吹日曬和雨淋，油漆脫落、鐵皮破損，顯得有點搖搖欲墜，但是醫院的醫護人員依然兢兢業業在那裡工作，完全不因週遭環境惡劣而稍減其熱情，每天都可見到工作人員在小小的急診間、治療室、內外科診間和檢驗室穿梭忙碌，當然，屋旁還有於碉堡設立的手術房、獸醫室和衛材庫房等，構成了麻雀雖小，五臟俱全的東沙醫院。

而我們醫院的病房是半碉堡式建築，裡面是開放的空間，沒有特別的隔間，只排列了一張張的病床和小置物櫃，病患全都是軍人，而且以慢性病和病情輕微的病患為主；我們的辦公室和寢室，除少部分是碉堡外，其他全部借住民家，而我一個人負責整個醫院的醫務行政工作，辦公和睡覺的地方都在民房內，旁邊住著幾戶民眾，除一戶老夫妻帶著孫兒未作生意，其中三戶都是經營小吃和撞球，另有一戶洗改軍服，當然他們生意興隆，我們也樂得有地方打發時間。

每天下午四點半是我們最快樂的時光，有人在籃球場打球、有人撞球，我常和三五好友一起慢跑到古崗、珠山，也常至歐厝海灘靜坐沉思，那兒的風景可說是金門最美的。雖然身處在美景之中，卻有些許的遺憾，從調來東沙醫院的第一天起，總感覺這個地方有一份說不出來的荒涼，村中的豪門大院人去樓空，又經過時間的長河侵蝕下，大多傾倒了，有些屋內的蔓草幾已越過牆頭。會對它們另眼相看是在有一天，一股莫名的力量驅使著我，騎上在醫院門口玩耍小孩的腳踏車，奮力爬上珠山那路段的斜坡上，下坡時發現煞車壞了，慌忙間摔倒路邊，起身後才見到水溝有一塊好大的花崗石，幸好沒有掉下去，否則早已命喪黃泉，到現在還慶幸自己福大命大啊！

當我拖著滿是傷痕，一跛一跛的身軀，返回醫院時，迷糊的人事官才告訴我，他在這間民房天天上香，今天不知何故竟然發爐了？急忙趨前一看，廳堂小木牌記載著該屋主不知何位先人的忌日，趕忙替其遠遊他鄉的後輩燃上三炷香，請他這位先人息怒。從此，常在無人的午后，獨自一人走在這寂靜的小村莊，輕輕撫摸著那一堆堆殘垣斷瓦，嘗試著找回那過往的風光，無奈生離死別的悲傷，已見不到往日的光采；破舊的供桌上布滿塵埃的香爐，該要有昔時緬懷先人的虔誠香火吧？而今安在呢？不禁一陣鼻酸，心底油然升起滄海桑田的喟嘆，唉！這難道不是古老金門人可悲的地方嗎？

（三）再見花崗石醫院

一眨眼間，離開服務多年的花崗石醫院已八年了，以前的種種往事歷歷在目，彷彿是昨日才剛發生的事一般。她就像是一個慈祥的母親孕育了我們，心中總有深厚的情感，儘管在裡面服務的人兒，都是匆匆的「過客」，更像是大海的波浪一樣，一波波的襲來，又一波波的退去，縱有在岸邊的石頭拍打出美麗的浪花，卻只是過眼雲煙，又有多少人記住這份短暫的美景！但是她依然不倦的守護著這塊土地，對她，我的心中深存著感激！

多少個的清晨、多少個的黃昏，當救護車的鳴叫聲自遠而近，劃破了寂靜，伴隨傷病者的哀嚎聲和其家人的哭喊聲，聲聲刺痛了坑道內我們的心，或許經過一番搏鬥後，大家已有些許的疲累，但未曾倦怠過，擦乾額頭的汗珠，想到是盡心盡力的搶救瀕臨死亡邊緣的鄉親。

曾幾何時，當物換星移後，一切盡在不言中，現在的她，就像是一個年老珠黃的「棄婦」，獨自關在那間冰冷的石洞，有誰願意走近關心她的死活啊？

前幾天，開車經過她的門口，只見幾把破舊的椅子擋在廣場的門前，落葉灑落滿地，坑道口也鐵門深鎖，昔日的「風華」已不在，想當初那是我工作七、八年的地方，多少個揮汗如雨挑燈夜戰的地方，曾不只一次見到無辜的鄉親和離鄉背井的年輕生命，因外島醫療資源的不足，等不及後送飛機來金已失去寶貴的生命，也見到無數親情的掙扎，脆弱的生命就在這一念之間，便已決定了，這對承辦後送業務的我，是一個沉重的打擊，常常要好長一段時間才能平復自己激動的心情。但不可諱言的，因為花崗石醫院的存在，減輕了許多鄉親的病痛、也挽回了許多鄉親的生命，這是不爭的事實，也是我們最感欣慰的地方。

然而因時勢的變化，花崗石醫院已在金門這塊土地消失了，但是她依然活在我們的心中，她帶給我們這一輩金門人，有痛苦、有快意的過往，總是一個難忘的回憶啊！每回看著醫院美美的照片，心中十分的不捨。雖然如今她已功成身退，但是她無限的生命，不應該與一些沒有生命的酒和儲酒桶相伴，或許有人要說那些是我們金門的生機，但是有誰能夠知曉，那裏灑滿我們的血、我們的汗和我們的淚啊！那是我們曾為花崗石醫院「過客」共同的夢啊！

希望將來擁有相同記憶的歸人們重遊舊地，或拄著枴杖、或子孫成群時，還有一個可以見證歷史、訴說往事的地方，那不一定非得是一個紀念館或熱門的觀光的景點。

浯島記事

再譜一曲老兵之歌

朝渡長江、暮過黃河，翻越了萬里長城，穿過無垠的沙漠，剛抖落了一身的黃土，又開始萬米的長征，再回首，拭乾奪眶而出的淚水，家園已在千里之遙，揮揮手，拜別了雙親與族人，轉瞬間在島鄉金門已歷一甲子。歲月悠悠，輕輕的染白了早生的華髮，連串駭人的槍砲聲，帶走了無憂無慮的歡笑，奪去了年少的生命，早已幻化成一堆與草木同朽的白骨。摸摸懷中珍藏多年的泛黃家書，期待共享天倫的笑靨，一夕之間破滅了，歷史的功過，縱因時間、空間更迭，而稍有改變，卻無法完全磨滅。

走進北山村，村口那幢紅瓦白牆的古洋樓，依然迎風矗立，只是多了幾許滄桑，在眾多閩式建築的圍繞下，顯得有些突兀。滿布斑斑彈痕的身軀，訴說著戰爭的故事，深深烙印在人們的心上，曾經噴灑的鮮血，依然在癒合的傷口下流淌者，這是我們浯洲子民共同的一段痛苦記憶，永遠、永遠不能抹去！

而今古寧頭的晨曦，炫眼依舊，暖暖的冬陽映照在靜謐的雙鯉湖上，幻射出道道的金色光芒，照耀著古老的村莊，娓娓訴說著古寧頭千萬年的輝煌歷史。茫茫薄霧籠罩在紅瓦石牆上，形成一層又一層的防護網，像是伸出一雙有力的翅膀，緊緊的保護著她的子民，不會再受到任何的傷害。此時，縱然尚有一絲絲的睡意，然佇立於雙鯉湖畔，享受輕風幾許和那片刻寧靜後，卻能跳脫出一波波觀光客湧入的喧囂。

因為工作的關係，古寧頭儼然成了我的「管區」，每次車子駛過林厝古戰場的牌樓，看著飄揚的國旗和屹立不搖的持槍戰士銅像，內心除了無限的感傷外，總會湧起一股無比的敬意。村口左側七十五年九月三日金門防衛司令部暨全體軍民立之「古寧頭戰役林厝浴血殲敵紀念碑」，敘述著一段古老的故事。那是：「民國三十八年十月二十五日二時許，匪以第十兵團先遣萬餘人，分乘各型船隻二百餘艘，利用暗夜渡海，向我嚨口至古寧頭間地區登陸進犯，迄翌日上午八時，其一股竄踞林厝，我反擊部隊一一八師在戰車協同與空軍支援下，閃擊猛攻，前仆後繼；浴血奮戰，規復陣地；開創古寧聖戰勝利契機。景懷英烈，益勵忠貞；碧血千秋。英靈不泯；特立此碑，永為紀念。」讀來字字是血、句句是淚，記錄著當年戰爭的激烈，讓人感嘆時光無情的飛逝，也心傷早歿的英靈。古寧頭戰役，現在已成為一個歷史名詞，在人們記憶中漸漸的淡去，但當年漫天烽火、哀鴻遍野，見證人世間的生離死別，譜寫出金門歷史上可歌可泣的一頁。

如今，當年參與戰役的老兵和自衛隊員，或已作古、或已垂垂老矣，在他們滿布皺紋的臉上，雖然早已見不到驚恐的神色，但也找不回年輕時的意氣風發。

戰爭帶來人類無窮的禍害，也帶走年少無憂的時光。走過故國山河，父母親人已不復見，年輕的夢想已然破碎。一段情、一個夢，只能深深埋藏在心底！午夜夢迴，淌著兩行老淚，暗自啜泣，喚不回過往、止不住哀戚，欲重溫往日情懷，可悲的是景物依舊，人事已非。傷心之餘，獨自揹著孤寂的行李，踏著蹣跚的步履，走向天涯海角，不知何處是兒家。

明日火紅的太陽再度升起，靜靜擦乾昨夜的淚痕，隨著那一波波返鄉的浪潮，重回思念已久的老家。而家不再是記憶中的美好，倚閭望子早歸的雙親，已在無情戰爭連番的摧殘下死去，手足之情已變得非常陌生，欲尋找兒時的舊夢，玩伴也一個個離開人世，只好拖著佝僂的身軀，離開那方傷心的土地重返金門。老兵們意氣昂揚，扛著槍砲，背著彈藥，拋頭顱、灑熱血，誓死保衛著家國，走過了高山、越過了海洋，卻改變不了歷史的宿命。扭曲的惡夢，訴說著失意落寞的往事，他們的故事，道盡戰爭的無情和無奈。

當遊子深藏於心底的歸鄉夢，在生命的盡頭震碎了，故鄉親人的慈顏和聲聲的呼喚，依然在空中低迴、蕩漾，只能在異鄉的夢裡尋他千百度。揮得去槍林彈雨，卻驅不散漫天硝煙，無言的吶喊，不向多舛的命運低頭，感佩您無私無我奉獻的心志，與那股充沛於天地間的浩然正氣，取下歸鄉的包袱，與我共同飲盡濃烈的金門高粱，品嘗它陳年的芳香。

老兵，一個代表榮譽的印記，他們擎舉著中華民族的歷史大纛，他們維繫著浯洲生死存亡的命運，古寧頭、八二三戰役的槍砲聲，震不碎、割不斷他們與島鄉間共同的臍帶。老兵不奢求掌聲，不期待勳章，只希望能有一絲絲的尊重，因為這裡已是他們永遠的故鄉。老兵啊，老兵！請容我致上一份崇高的敬意，獻上一份虔誠的祝福，願您忠貞不渝之心，與這個歷經戰火蹂躪過的島嶼相呼應，再譜一曲動人的「老兵之歌」！

後記：

曾經自己是一個穿了多年軍服的「老兵」，雖然未能真正上過戰場，卻因不能改變的歷史因緣，生在這個金門島嶼，經歷「單打雙不打」砲彈的洗禮，僥倖不死，如今縱使已脫下戎裝多年，然草綠服的生命，依然存在我心靈的悸動中，擾人清夢的起床號，嘹亮的軍歌，整齊的答數，甚至白皙皙、熱騰騰的饅頭，還不時出現在我的夢裡。我沒有傲人的勳章可以炫耀，我沒有顯赫的功績可以細數，更沒有精彩的戰爭故事可以吹噓，因為我只是一個

「無名小卒」，就像六十年前在古寧頭戰場拚戰的前輩一樣，又有幾人留名青史。如今，有的已隱身在社會的各個角落，更多的是已埋沒在荒煙蔓草間，經過了一年又一年，多少人記得您悲壯的過往，多少人又會誠心向您致意。如今欣逢古寧頭戰役六十週年，有感而發，故此為文。

曾經擁有　天長地久

誰都相信，在人生的過程中，將會出現許多的偶然，不管是萍水相逢、千里相會，皆可以說是機緣巧合的「偶然」。有時候它將會在自己的生命交會處互放光芒，有時候卻僅僅是如過眼雲煙般，剎那間閃過即消失得無影無蹤，想抓也抓不到、想摸也摸不著。雖然我們不應該太執迷於命運之說，但是在浩瀚人海中，誰應該與我相遇呢？若非前世緣定，那又何該我們相識；倘若無緣見面，說此後的發展，簡直是天方夜譚吧？

曾經以為，人的想法將可以是很單純的，但是人生無常，人世間的種種遇、合、離、散，並非是我們人可以決定的。總因為人是有感情的，所以在匆匆的過往歲月中，人們的想法，常隨成長的軌跡不同而有所改變，有時候感覺自己身處在滾滾紅塵中，猶如浮萍般四處的漂泊，私心中亦多麼希望能找著一個定點，可以往下紮根，不必再隨風飄搖，雖說浮萍無拘無束，大海任由來去，但終究不是真實的擁有，風停即止，風起便是無盡飄零的開始。

正因為我承認人生無常，所以我相信人的許多「造化」是無法強求的，更何況是人的感情，總像是晴時多雲偶陣雨的天氣，叫人捉摸不定。但是無論如何，明智的人，不會叫自己的感情是盲目的，而讓自己是「因誤會而結合，因瞭解而分開」的悲劇主角，更不應該是「還君明珠雙淚垂，恨不相逢未嫁時」的遺憾。因此我忽然覺得，人世間多少存在有幾分「緣分」，唯有執著那一份內心深藏的「愛戀」，才能找到那份人世的

「圓滿」。

今天，我已走完了人生的一大段旅程，或許在別人眼裡，我非老朽，但我不敢去奢望明天的我是否依舊年輕？更不敢去想像，明天的我，會不會突然頭髮、鬍子一夕都變成白的，而顯現出一副老態龍鍾的樣貌呢？雖然我不願意去想像，但衷心希望，自己依然能抱著極大的信心，去迎接明日昇起的朝陽，當薄霧初散時，將是我再出發的時候。曾經看膩了許多電視愛情悲劇，斥其為無稽之談，想像不到這分分合合的劇情，竟然出現在現實的社會中，多麼荒謬啊？親愛的好友，我們不應該只是在一旁搖旗吶喊加油而已，我們要給一些真實的力量吧。

雖然常希望有人能與我「天長地久」，生生世世纏綿不已，但亦捫心自問：「天可以多長？地可以多久？」縱然相聚是甜蜜的，而分離又是痛苦的，但是，你如果不做此決定，很多人會感覺痛苦，只要自己在乎，就該「當機立斷」，因為如果不能永恆，何必要求那一剎那的「快感」呢？短暫的刺激對於生命是沒有什麼意義的，只會徒增自己和他人的痛苦罷了。有時需要把事情看開一點，「塞翁失馬、焉知非福」？該學那天空的浮雲，雲朵從遠處飄來，亦會飄向遠處，那麼無牽無掛。並且要深刻的體會，一片浮雲飄過頭頂，馬上又會有一片浮雲飄來，我們何不以期待的心，去享受那一份佇足的喜悅呢？

縱然如此，我覺得「深情總比多情好」，而且我不是一個輕許諾言的人。因為，若不能守住本分，輕易隨緣，不僅傷害自己，也會傷害很多人，人生何必如此呢？雖然為求生命圓滿，我已付出太多的時間和心力去追求，可是曾記得有人說過：「生命既不是圓滿，也不是缺憾，而是一個沉重的試驗，要不斷的用信仰來驅逐無望，用愛來彌補孤單」。因此，今天我必須調整自己往後的步伐，辨明自己究竟在追求什麼？應該追求什麼？如果用自己一生去換得所追求的一切，是否值得？所以，過去的種種應像船過水無痕般，讓它輕輕的過去，不要成為記憶的包袱，唯有珍惜現在最重要，未來誰也無法掌握，還談什麼「天長地久」。

不管將來際遇如何，但總是難以預料的，何不現在敞開胸懷，祝福彼此都能找到一個真正愛自己的人，而且也是自己心底深處所愛的人，如此不但可以「曾經擁有」，也能「天長地久」。

說不出口的再會

炎夏的午后，村子口的晒穀場上，灑滿了一地金黃色的陽光，偶有陣陣清涼的微風緩緩吹過來，卻驅不散這一季暑夏的酷熱，你瞧瞧！牆角邊的那幾隻土雞，也熱得「咯、咯」直叫，村旁那條人人討厭的癩皮狗，也猛吐著舌頭喘氣，更何況是人，誰又能受得了呢？

阿土伯趁著午間休息時刻，搬了張「靠背椅」、抽著煙斗，悠閒的躺在門口那棵老榕樹下，享受片刻的清涼，手中煙團裊裊升起，猶似敘說著一段令人低迴不已的「回憶」。那把破蒲扇，拿在手上不停的搧著風，腳下墊著一張小竹椅，身旁石板桌上放著老人茶，不時啜上一口，只是頭頂上的蟬兒，一點不饒人，一聲急似一聲的高鳴，讓阿土伯不知不覺便沉沉的進入夢鄉。此際，老榕樹上的烈陽依舊是那般的熾熱，絲毫不減半點威風。

不知經過了多久的時間，一聲聲長長的嘆息，劃破了週遭的寂靜，也驚醒了夢中人。阿土伯稍欠起身坐起，揉揉惺忪的睡眼，定睛一看，原來是隔壁的阿旺。

「阿旺啊！為何唉聲歎氣、愁眉苦臉呢？有什麼心事，何不說出來讓老哥我聽聽呢？」說著順勢倒了杯茶，送到阿旺面前：「來，喝杯老人茶，消消暑吧！」

阿旺端起茶來喝了一口，猶然愁眉深鎖，搖頭無奈答道：「唉！日子是越來越難過喔！再不下雨，田中的高粱都快要枯死了。」阿旺停下來喝了一口茶，又繼續說道：「而且，近年來收成一年不如一年，再過不了多時啊！我看真要餓死人喔！」

的確，在這看老天臉色吃飯的金門，再不下雨，島上的唯一的經濟作物——高粱，眼看就快活不了。阿土伯聽完之後，也心有同感，不禁一陣搖頭，霎時週遭充滿著一片肅穆的氣氛，兩人同時沉浸在無盡的思潮之中……

「金木」——金門高中二年級的學生，也就是阿土伯唯一的兒子。當年他考進高中時，阿土伯黝黑多皺紋的臉龐上，盡掛著滿足的笑容，而且得意的逢人便直誇自己的兒子是多麼有出息。經過這麼一折騰，倒也給這純樸寧靜的小農村，掀起了一陣不小的漣漪，更因此成了村民茶餘飯後常提起的話題，為人父母者，告誡小孩以此為學習的好榜樣。

想當初，金木告訴他父親，他想讀職業學校時，他的老爸生氣地打了他一下耳光，大聲罵道：「畜生，我好不容易盼到了今天，目的是要看你出人頭地，能讓阿爸在鄉親面前更有面子，那知道你…你…你真令我太失望了。」

金木摀著紅紅的臉頰，噙著滿眶的淚水，卻忘了疼痛，只是呆呆的站在那兒，此時，他的心中是茫然無助的。看他父親傷心得像隻落敗的公雞，垂頭喪氣，他的心中更有如被億萬支針刺著一般，又痛又亂。讀與不讀高中的問題在他的心裡盤旋不已，最後，他做了最大抉擇，前往高中報名，他老爸又回復往日掛在臉上得意的笑容，卻完全不明瞭自己兒子的心中是多麼的矛盾與難過。

開學了，金木與其他同學一般，背著書包早出晚歸的上學去，高中一年級，轉瞬間就過去了，倒也沒有發生什麼特別的事情；眼看到了二年級放暑假了，大家都很高興假期終於來臨。漫長的假期，金木在平淡中一天天的度過，忽然一日中午郵差先生像往常一樣，出現在阿土伯的家門口，交給他一封兒子學校寄來的成績單，當他用那雙顫抖的手拆開封口，小心翼翼的抽出成績單，斗大血紅的「留」字，赫然地出現在他的眼前。這事實對阿土伯來說，不啻是一記很大的悶擊，可是對金木來說更是一個晴天霹靂。心想自己畢竟不是讀書的料子，而自己終究是盡了最大的力量，不幸今天淪落到了這種地步，又能怪誰呢？

「但是，往後漫長的日子又該如何熬過呢？難道要再逼著自己去做那自己不喜歡做的事，而且這也是浪費父母的血汗錢，於心何忍呢？可是不繼續讀下去，又怎能對得起父母一片殷殷期望的苦心呢？」想著想著，金木的心感到非常的矛盾和內疚，因為他不僅不能使自己的父親以他為榮，反倒刺傷他的心。

當他告訴父親說：「阿爸，我想出外去闖闖，畢竟我是不能老蹲在家裡的。」他老爸突然聽過這樣的話語，吃驚得張大嘴巴，一時說不出話來，過了一會兒才漸漸地又回復先前沉重的表情，然後伸出手來拍拍兒子微顫的肩膀，蹙著眉說：「痛苦經驗的歷練或許會使一個人成長更快，孩子！你是該出去闖闖，換個環境也許會對你有所幫助。」頓了頓，又接著說道：「可是孩子啊！話又說回來，你從小到大，你媽和我都不曾讓你吃過一點苦，你更不曾一日離開我們出遠門去，我們又怎能忍心讓你一人去受那離鄉背井的痛苦呢？更何況你忍心離開這美滿幸福的家園，和這麼多愛護你的親人朋友嗎？」

這時金木已經泣不成聲，掩著面往門外直奔而出，也不顧爸媽的呼喊，此刻，他只想能自己好好地靜一靜。

雖然他的雙親不反對他到外地去，心中卻是不捨而天天以淚洗面，但他幾經考慮之後，毅然前往鎮公所戶政課辦理出境手續。「小伙子，幹麼啊？想不開是嗎？」那老掉牙的辦事員，托一托老花眼鏡，嚥了口口水又說：「更何況，我們鄉村的建設發展，不正需要你們這些『青年才俊』嗎？而且近幾年來，本地青年人口不斷外流，政府有鑑於此，已設有限制出境的辦法，我看你還是別傻了，快回去吧！」金木失望地走出鎮公所大門去了。

走著，走著，不知走了多久，他來到一個別人正在蓋新房子的工地上蹲了下來，無聊的撥弄著地上堆積如山的小石子，望一望四下無人，只見幾隻麻雀在那兒輕快的飛翔跳躍，且不時的放開喉嚨引吭高歌，是那般的無拘無束，此時聽來卻猶如是在嘲笑他是一個被社會遺忘的人兒似的，他生氣地抓起一把腳邊的碎石子，使勁的丟了過去，好像要把嘲笑他的鳥兒全擲死一般，此刻熱血在他的胸膛沸騰著。

「天啊！我到底該怎麼辦呢？不，我不能叫我這一生就這樣消磨下去，我要勇敢的挺起胸來，我要面對現實與這艱苦的環境，和那些醜陋的人們搏鬥到底，我雖然失望，卻還不到絕望的地步。」想到這裡，金木堅定的握起拳頭站了起來。

最後迫於無奈，他便想暫時前往城市中去找份工作做吧，過了一間又一間的店鋪，得到的答案卻都是被拒於門外，一番內心的掙扎，他只有識趣的騎起那輛破舊的老爺鐵馬離去，但又不死心的繼續往前走著，碰碰運氣也好，只是最後他還是絕望的，因為他同樣吃到閉門羹，走了下去，他的眼前盡是迷濛一片，到底他的終點在哪裡？他真為往後自己的前途擔憂。

回到村子後，不得已只好前往村前那個工地去請求公頭：「老師父，我跟你一起做工好嗎？」那鬥雞眼的工頭，斜著眼前後的仔細打量他一番，不屑的答道：「喲！高中生哪！我們這個地方哪能請得起你，更何況你能做得了嗎？」

雖然以前他笑自己是那麼的幼稚，只知閉著眼睛，一味咒罵社會的黑暗、齷齪，人們對他是那麼百般的嘲笑，而不知睜開雙眼，看看這世界的美麗，可是當他要打開眼睛時，眼前竟是一片昏黑，什麼也看不見、什麼也摸不著。

經歷這一連串的打擊，他還真像是一隻鬥敗的公雞，垂頭喪氣的，不時踢著路上的小石子，路人見他這等模樣，都投以異樣的眼光，但他卻絲毫也沒有感覺到，更何況他也懶得去管了。

好不容易才走到家門口，他猶豫了一下才跨進門檻裡去，他父親這時正坐在客廳的「太師椅」上，嘴裡抽著「新樂園」，且不時吐出濃濃的煙團來，金木走近他的跟前，毫無表情淡淡的說：「阿爸，趕明兒我跟你一起下田去工作。」他父親躊躇了好一陣子，嘴唇才動了一動，卻沒說出聲來，因為聲音已經被哽咽的哭泣聲所掩蓋了，更何況此時的他，該說些什麼呢？而他又能說什麼呢？

日子就在這一晃間又過了多時，如今收成的季節又近尾聲了，只是這一季似乎比以前顯得更格外的淒涼，晒穀場上也見不到往日那幅忙碌、熱鬧的景象，人們滴下粒粒晶瑩的汗珠，卻只能得到如此微薄的收穫，或可剛好夠一家數口的溫飽罷了！

但是此地民風淳樸，「勤儉守法」、「安土重遷」更是民眾所擁有的良俗美德，人人都為保有此優良傳統美德，眼淚與苦水都往肚子裡吞，看著自己辛勤所流下的汗珠和入土裡去，得到的是多是少，沒有人抱怨過一句。

可是，不得志的金木，卻有萬千的豪情壯志待抒發，望著大人們的苦痛，但又有誰知道，此際的他是比誰都要痛苦一千倍、一萬倍呢？因為他還年輕，他還有著一段漫長的歲月要走，他能這樣懵懵懂懂地度過嗎？

「天啊！為什麼妳要這般折磨我呢？難道就叫我將自己的青春年華消磨在這靠天吃飯的土地上嗎？縱使家鄉的土地再芬芳，難道它能當飯吃嗎？更何況自己還有遠大的理想、抱負呢，能叫自己在一堆殘垣斷瓦中，去堆砌童話中美麗的城堡，可能嗎？」是的，的確一個年輕人總要出外歷練一番，藉著各種機會磨練一下自己，畢竟家只是人暫時的避風港，一個人必須在大自然的孕育下，才能不斷的茁壯成長，否則，只將他極限在一個小小的「水井」中，那只會養出更多的「井底之蛙」罷了！

為什麼鄉村人口會外流？為什麼那麼多人，深愛著自己的家園，卻寧願過著寄人籬下的流離生活呢？更何況家中尚有白髮的爹娘，日日夜夜都在倚閭盼望著遊子早日平安歸來，誰忍心如此呢？誰都樂於見到一家大小團圓在一起，共享天倫之樂，這種種的問題，在金木的腦海中不斷的盤旋著，金木痛苦地拉起棉被，緊緊蒙住自己快要爆炸的頭，他實在不願再想下去了。

明天！他想，無論如何是要走了，寧可從此浪跡天涯，讓無盡的思念和回憶來腐蝕自己的心，也絕不再留下來了……。

漫天風雨思歸期

午夜夢迴，不安的思緒，像那滔滔不絕的浯江浪潮，一波接著一波而來，按壓著胸口的心跳，抓住的是那江水時緩時急的節拍，卻抓不著飛逝如梭的歲月，抹不去滿布滄桑的痕跡。

江水流過眼前、響在耳際，像似低吟著千百年來的苦痛，唯一不變的是訴說那動人肺腑的故事，那不是傳說，更不會是神話，而是一段段歷經無數風雨摧殘的「真實往事」啊！

故事的主人翁——老楊，一位大陸來台的老兵，也就是大夥們私底下稱呼的「老芋仔」，他木訥寡言，生活節儉又單純，這也為他抹上了幾分神秘的色彩，經過五、六年來與他的相處，由陌生到深交，漸漸感受到他的親和，也能感染到他深藏心底的悲悽，希望我能夠藉此禿筆「還原」他的歷史。

一台「蘭帝五〇」的破舊機車，載著他不知走過了多少漫長的道路，一件褪色的草綠內衣，陪伴他無數的寒暑，滿頭烏黑亮麗的髮絲，不經意間已完全染白了，臉上刻畫出道道深邃的皺紋，是他與歲月搏鬥的紀錄，雖說容顏漸改，卻無法撫平那顆日日思鄉、年年盼望歸期的熾熱的心！

老楊民國十三年在雲南省楚雄縣出生，家中排行老大，下有三個弟弟，唸完小學後，於三十二年從軍加入新一軍，時抗戰方熾，隨部隊從昆明轉進印度增援打日本，三十四年間日本人投降，再由山海關一路進入瀋陽，直到三十六年增防台灣屏東，在砲兵一四團團部連擔任駕駛，而後又轉防到大陳島，三十八年由大陳島撤退台南，輾轉從台南來到金門，六十一年軍職外調金門公車處當司機，六十三年正式辦理退伍，仍在公車處服務，七十三年屆齡退休，定居在古寧頭林厝。

他一生不汲汲於名利，有的是一顆對黨國忠誠的心。那個寂靜的午后，搬一張小椅子仔細聆聽他的憶往，儘管是那麼的平淡無奇，就像電視劇裡所演出的那大時代兒女刻板的劇情，卻叫我感動不已。再陪他拖出那只有點歷史的草綠木箱——俗稱移防箱，吹去一層厚厚的灰塵，打開歲月的鎖匙，尋找過往的記憶，可惜在顛沛流離的日子裡，記錄功績的獎章和勳章都已散失，僅僅保留一張民國五十三年頒授八星寶星獎章的執照，及從民國四十二年加入中國國民黨以來獲得多幀的榮譽狀，和獲評選為金門縣榮民服務處第二十屆榮民節模範榮民的獎狀，另外最多珍藏的是任職的公文，泛黃的紙片，拉回他些許興奮的表情。

他又告訴我，政府開放大陸探親，曾隨那波尋找舊夢的浪潮，回到思念已久的故鄉，換來的卻是親情的無依，久別的雙親已在戰爭的摧殘下逝去，家不再是記憶中的美好，手足之情已不復以往的熱絡，只好拖著佝僂的身軀，傷心的返回金門，這個心靈重大的打擊，扭曲了他的夢，以至於現在猶然失意落寞的獨自過生活，雖然無法親身領受他猶似惡夢的往事，心中還是十分的不捨！

他的故事，道盡戰爭的無情、親情的無依、人世的無奈，是的，當日本鬼子躂躂的鐵蹄聲，在族人英勇的抵抗下已漸行漸遠，當國人大肆歡慶太平日子到來的時候，遠處卻傳來陣陣駭人聽聞的槍砲聲，如雨點般從天而降，不僅震走無憂無慮的快樂音符，也震碎了遊子的歸鄉夢，故鄉親人的慈顏和聲聲的呼喚，如今只能在異鄉的夢裡追尋，那喉底無助的吶喊，在硝煙烽火中，又有誰聽到啊？

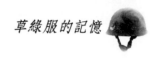

只能默默燃起一束馨香，祈禱蒼天保佑他能平安度過一生，也誠心致上一份崇高的敬意，因為你無私無我奉獻的心，與那股充沛於天地間的浩然正氣，奪下魔鬼手上的武士刀，揮去如林的彈雨，才沒有叫那可怕的刀光劍雨，和漫天的戰火，啃噬我浯島子民心中美麗的夢啊！

喔！親愛的老友，暫且取下歸鄉的包袱，拿出那瓶濃烈的金門高粱酒，大口大口飲盡滿滿陳年的芳香，流過喉嚨裡的是生生不息的浯江水，她不正告訴你，從今以後，你不再是一位「過客」了，這裡就是你永遠的「故鄉」——一個值得你付出對故鄉堅貞不移的情緣，一個可以讓你真正投入溫暖厚實的懷抱！

喚醒深藏史冊的記憶

——讀寒玉《半生戎馬在金門》有感

寒玉筆下的二十二位老兵，有著二十二個故事，串聯成一個大時代的悲劇，更是一部中國的近代史。記得當年年輕氣盛、意氣風發，提起槍、扛著砲，走過大江南北、越過長江黃河，中國江蘇、浙江、江西、四川、福建……等三十五省，都有他們的足跡；行軍上海、重慶、杭州、廈門，甚至遠走他鄉韓國、緬甸、越南、印度和泰國，儘管身上衣服磨破、草鞋穿孔，腳底也滲出血來，但保國衛鄉的熱情，讓他們不覺得苦。

後來大陸戰事失利，節節敗退，最後來到金門島鄉，一待就是一甲子，一頭華髮已染白，臉上布滿歲月摧殘的痕跡；他們的悲情、他們的哀怨，藏在心底深處，在每一個午夜夢迴時，擦乾臉上的兩行老淚，僅能攬鏡自憐。可敬的老兵，想起自己少小即隨軍四處征戰，參加抗日、剿匪，古寧頭戰役、九三砲戰、八二三砲戰，都有他們英勇戰鬥的身影，在駭人的戰場，子彈穿越頭頂上方，砲彈在身邊爆炸，多少英勇弟兄倒下又爬起，爬起又倒下，才換回最後的勝利。如今他們的事蹟，不該只是深藏在厚厚史書中的一頁，也不應是人們茶餘飯後閒談的片段記憶。

寒玉的勇氣、寒玉的堅持，喚醒歷史對風燭殘年的老兵們應有的評價，找回後輩對他們真誠的崇敬。寒玉秉持文人傲人的風骨，以其不向現實低頭的文筆，克服種種困難，默默的為老兵發聲、為老兵讚頌；老兵們在經歷無數的大小戰役，僥倖生還者，是該慶幸；然而多少早逝的英魂，就

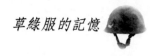

沒有那麼幸運，他們的血淚、他們的生命，在砲火下消失了，一具具英挺的軀體，化成一堆堆的白骨，長埋地底，最後與草木同枯。是他們無畏的精神、無私的奉獻，挽救國家於風雨飄搖之中，免於滅亡於異族之手。

可憐的老兵，揮別故鄉，投入軍旅，就像寒玉在〈回首滄桑憶過往〉文中所言：

> 緬懷過去的血淚史，老兵熱淚盈眶地遠離家鄉，別了父母、親人與家園，兩岸就在一水之隔，骨肉和手足，近在咫尺，想見一面，難上加難。

親愛的爹娘、美麗的家園，只能在異鄉的夢中尋他千百回。但當兩岸偃旗息鼓後，政府宣布開放大陸探親，老兵們拖著佝僂的身軀迫不及待的歸回故里，換回的卻是寒玉在〈喚不回的故鄉情〉一文說：

黑髮離家、白髮返鄉，親情的呼喚，楊讚日思夜盼回家鄉，期待與親人同一屋簷下、同吃團圓飯，一解悲歡歲月的思鄉情愁。

數十年的隔海觀望，望眼欲穿；當船兒靠岸，他的雙腳踏回故土，此趟返鄉、不是作夢。當鄉音重現耳際時，兄弟一擁而上，可是爹娘怎麼不見？

楊讚雙腳跪墓園，爹娘在何方？墓地很淒涼，不孝的兒來晚。他悲慟莫名、嚎啕大哭、鼻涕流兩串，以顫抖的身軀，叩頭謝親恩，淚眼汪汪、與淒涼的墓碑相對看，怎不教人悽然淚下、濕衣裳。

讀來不僅令人心酸，亦要掬一把同情的淚水。

有幸先睹寒玉新作《半生戎馬在金門——老榮民的故事》，捧在手上細細閱讀、印在心中輕輕咀嚼，只覺文中字字鏗鏘、句句有力，寫的雖是老兵深藏心中多年的痛，也是他們此生最大的安慰，這是寒玉寫作三十多年累積的功力，她的作品能獲得讀者與鄉親的讚賞，不該說是偶然，除了她自己的用心，也該歸功於文壇先進的鼓勵和讀者的愛護，我和我的家人以她為榮。願她擎起那枝「正義」之筆，繼續為歷史賦予的偉大使命努力下去，也期望藉著《半生戎馬在金門——老榮民的故事》出版，找回屬於老兵昔日的榮光。

百歲人瑞

北山李雨宙老先生

——百歲人瑞系列之一

每天一大清早，古寧頭雙鯉湖畔充滿鼎沸的人聲，有著陣陣的笑聲和此起彼落的打招呼聲，這些都是從上山下海工作人們的口中傳來，北山——一個淳樸的農村，也是海蚵的故鄉，這裡有著濃濃的人情味，大家見面互相問好、愉悅交談，讓人真的好喜歡這個地方。

這時，從遠處但見一位身材魁梧的長者緩緩走來，他的身上穿著一襲傳統的黑布裳，打著赤腳，迎著薄霧晨曦，扛著鋤頭，準備下田從事農作，走在鄉間小道上，縱然昨夜露水依舊深重，露水滴落泥中，沾溼了他的雙腳，但是他也不覺得苦，猶然聲如洪鐘，與下田工作的鄰人交談、說笑，他爽朗不拘的個性，表現在他的身上、他的臉上，這是愜意生活最佳的寫照。

　　這位長者就是李雨宙老先生，福建省金門縣人，民國前四年出生，現年已過百齡，世居於古寧頭北山，李雨宙老先生家世代皆以務農維生，家境甚是清苦，早年隨著父母親上山耕作，舉凡放牛、犁田、種花生、挖地瓜、割高粱……等，每一樣工作他都做過，也能做得很熟練，至今向晚輩們說起陳年往事，猶能洋洋自得；又因為靠近海邊而居，還要下海擊海蚵、取海菜、抓魚蝦和摸螃蟹，平時氣候舒爽的日子，做這些工作還算好玩，但是在嚴寒冬日頂著寒風、炎熱夏天照著豔陽最是痛苦，可是為了過生活，只能咬緊牙關拚命工作，不曾、也不敢喊過一句苦、一次累。

及至年歲漸長後，李雨宙老先生最常埋怨的是小時候因為家貧無法正常就學，長大後才會受不識字之苦，直到現在已百歲之壽，每逢有親朋好友來家探訪，猶不時提及這段不愉快的往事。更因為親身經歷日軍的統治、古寧頭戰役、八二三砲戰等金門人悲慘過往的事件，深深覺得戰爭的無情與人命的無價，是他一輩子揮也揮不去的夢魘，因此，奉勸世人要感恩惜福，珍惜現在擁有的美好一切，要和平不要戰爭。

李雨宙老先生與其配偶李歐翠腰女士，於日據時代結婚，婚禮甚為簡單，婚後雖然過著清苦的生活，但其伉儷情深，又有著金門人樂天知命的草根性，咬起牙根，努力耕種，彼此相互扶持，育有六子五女，雖然三餐勉強溫飽，但夫妻倆人用心養育兒女長大成人，其所做行業皆能有所成就。如今，五位女兒均已先後出嫁，婚後相夫教子，家庭和樂美滿，現住於台金各地；兒子中除一名已過世，長子、三子客居台灣，早年在台灣開創一片天地，如今年歲已長，現退休在家含飴弄孫，四子在金門山外做販賣餅乾、飲料等批發生意，么兒也投入生意行列，終能一展所長；而二子及媳與李雨宙老先生比鄰而居，作修理農耕機器的工作，大家彼此能互相有個照應。

李雨宙老先生雖然因為年紀大而有重聽的現象，但是依然健談如昔，每回遇到有訪客常能侃侃而談往事，說話聲音宏亮有力，且仍保有平易近人的個性。他平日也頗為好客，親朋好友常會至其府中探視、走動、喝茶、聊天，談談年輕時艱苦的歲月，順便請教其養生的好祕方，雖說與他常常是「雞同鴨講」，但也為其打發不少時間。

李雨宙老先生為人正直，生性樂觀，不喜與人爭，一生不嗜菸、酒，平日生活作息規律正常，每天清早起床即下田從事農作，種地瓜、種蔬菜水果，或於其住屋四周散步，活絡一下筋骨，並無特殊的運動動作。李雨宙老先生告訴我，他沒有什麼過人的養生祕訣，飲食方面不忌口，但吃的非常的清淡，早餐常喝的是牛奶加麥片，午餐、晚餐皆吃自己種的地瓜煮稀飯，配上魚鬆、豆腐乳。

李雨宙老先生雖然談起以前的種種苦楚，心中不甚吁嘘，但是看到自己兒孫成群，而且個個事業有成，也深感安慰；尤其目前的生活安定，對政府的社會福利措施非常滿意，每談及此，都要為政府豎起大拇指。

附註：

民國九十六年十二月二十五日：李雨宙老先生滿百歲生日時，金門縣榮民服務處總幹事代表行政院國軍退除役官兵輔導委員會、金門縣榮民服務處贈送純金壽桃一顆至李府為李雨宙老先生祝壽，並率榮民服務處專員、輔導員、社區服務組長與榮欣志工及其家屬齊唱生日歌，祝李雨宙老先生生日快樂。

民國九十七年十二月二十五日：李雨宙老先生一〇一歲生日時，金門縣榮民服務處總幹事率榮民服務處專員、輔導員、社區服務組長與榮欣志工帶著一個大蛋糕至李府為李雨宙老先生祝壽，並與其家屬齊唱生日歌，祝李雨宙老先生生日快樂。

民國九十八年十二月二十五日：李雨宙老先生一〇二歲生日時，金門縣榮民服務處鄭處長率榮民服務處專員、輔導員、社區服務組長、替代役男與榮欣志工帶著一個大蛋糕至李府為李雨宙老先生祝壽，並與其家屬齊唱生日歌，祝李雨宙老先生生日快樂。

民國九十九年十二月二十五日：李雨宙老先生一〇三歲生日時，金門縣榮民服務處鄭處長率榮民服務處專員、輔導員、社區服務組長、替代役男與榮欣志工帶著一個大蛋糕至李府為李雨宙老先生祝壽，並與金寧鄉陳鄉長、金西守備隊隊長、鄉公所社會課蔡課長、古寧村李村長及其家屬齊唱生日歌，祝李雨宙老先生生日快樂。

民國一〇〇年十二月二十五日：李雨宙老先生一〇四歲生日時，金門縣榮民服務處鄭處長率榮民服務處專員、輔導員、社區服務組長、替代役男與榮欣志工，帶著一個大蛋糕至李府為李雨宙老先生祝壽，並與金寧鄉陳鄉長、鄉公所秘書及其家屬齊唱生日歌，祝李雨宙老先生生日快樂。

昔果山余叻老先生

——百歲人瑞系列之二

天剛魚肚白的時候，人們還沉睡在熱熱的被窩裡，繼續作著昨夜未完的美夢，但是在昔果山海蠡城餐廳前的一大片農地，就可看到一個忙碌的老人——余叻老先生，騎著他心愛的棗紅色電動代步車，穿梭在田邊，時而下車調整一下田間灑水的強度，時而巡視、檢整扭曲的水管，更常停駐腳來，擦一下額頭的汗水，遠眺這一片自己辛勤耕耘的成果，嘴角不時抹上一絲笑意。

村中公雞嘹亮的啼鳴，喚醒沉睡的人兒，馬路上的車流量也開始大了，應該是趕搭早班飛機的旅客吧。余叻老先生依然辛勤的耕作著，絲毫不受身旁這些凡間的俗事干擾。當我造訪時，余叻老先生正從田裡工作返家休息，兒媳們也在大廚房辛苦的清洗雞、鴨、魚、肉、蔬菜和水果，準備招待一批遠從台灣來的觀光客。

余叻老先生招呼我坐下、喝茶，我們便開始天南地北的閒聊，余叻老先生福建省金門縣人，民國前四年出生於昔果山，現年已過百齡，他告訴我說，他的家世居於這個靠海的小村莊，因此世代便以捕魚和務農維生，年輕的時候因為家貧，無法上學讀書，必須隨著父親出海打魚和下田從事農作，過著十分艱苦的日子，但是不曾喊苦，不曾喊累。婚後育有七子一女，唯一的女兒已出嫁，七名兒子除三名旅居在台外，餘均在金居住。長子已過世，次子長期在台，幾年前因中風術後，接受復健治療，其家居生活及工作稍受影響；三子在金門昔果山經營海𩸶城餐廳，謙稱生意差強人意；四子在金門縣水產試驗所擔任公職；五子在海𩸶城餐廳專任主廚，六子在台灣做手工加工生意；七子在台北縣三重市某小學擔任工友。余叻老先生現在與五子共同生活，有內、外孫二十餘名，一家大小和樂相處，過著含飴弄孫的愜意生活，令人羨慕。

余叻老先生平日生活單純，但是律己相當嚴謹，其作息也很規律，近來因年紀漸長、身體狀況較差，雙腳常會酸痛，故已鮮少外出訪友、逛街，然不改農家子弟的本性，於住家旁的一大片田地裡，隨季節變換，栽種著各式各樣的蔬菜、水果，除自家食用外，亦能分贈親友。每天晚上九點左右即上床睡覺，清晨四、五點就起床，先作甩手七項動作各一百下後，稍事休息，便開始澆菜自娛。三餐注重均衡飲食，不挑食、不忌口，唯以清淡為主，無抽菸的習慣，只有在晚餐時刻，會喝上一小杯金門高粱酒，告知除了暖身外，也會讓血液更暢通，數十年如一日的過著同樣的生活，這應該是他長壽的祕訣吧！

余叻老先生憶起日軍在金門的時候，曾被迫參加搶灘、扛石頭、築機場、種樹和挖地洞的情景，民國三十八年古寧頭戰役、四十七年八二三戰役時抬傷兵……等等的苦日子，內心便有無限的感嘆，感嘆因為人們的野心和私心作祟，而輕啟戰端，造成多少家庭破碎，多少人流離失所，更有很多人失去寶貴的性命，這都是無情戰爭造成的後果；現在想來餘悸猶存，慶幸自己留住這條命，還熬過了那段不是人過的日子，如今看到兒女均已成家立業，自己身體還算硬朗，而且不愁吃穿，對政府各項社會福利措施感到非常滿意，便無所求。只是希望年輕一代能記取過去的歷史教訓，多多保重自己，為國家社會多盡一份心力而已。

附註：

民國九十六年十一月一日：余叻老先生歡度百歲生日時，金門縣榮民服務處姚處長代表行政院國軍退除役官兵輔導委員會、金門縣榮民服務處贈送純金壽桃一顆至余府為余叻老先生祝壽，並率榮民服務處專員、輔導員、社區服務組長與榮欣志工及其家屬齊唱生日歌，祝余叻老先生生日快樂。

民國九十七年十一月一日：余叻老先生一〇一歲生日時，金門縣榮民服務處姚處長率榮民服務處總幹事、專員、輔導員、社區服務組長與榮欣志工，帶著一個大蛋糕至余府為余叻老先生祝壽，並與其家屬齊唱生日歌，祝余叻老先生生日快樂。

民國九十八年十一月一日：余叻老先生一〇二歲生日時，金門縣榮民服務處鄭處長率榮民服務處專員、輔導員、社區服務組長、替代役男與榮欣志工，帶著一個大蛋糕至余府為余叻老先生祝壽，並與其家屬齊唱生日歌，祝余叻老先生生日快樂。

民國九十九年十一月一日：余叻老先生一〇三歲生日時，金門縣榮民服務處鄭處長率榮民服務處專員、輔導員、社區服務組長、替代役男與榮欣志工，帶著一個大蛋糕至余府為余叻老先生祝壽，並與金寧鄉陳鄉長、鄉公所秘書及其家屬齊唱生日歌，祝余叻老先生生日快樂。

民國一〇〇年十一月一日：余叻老先生一〇四歲生日時，金門縣榮民服務處鄭處長率榮民服務處專員、輔導員、社區服務組長、替代役男與榮欣志工，帶著一個大蛋糕至余府為余叻老先生祝壽，並與金寧鄉陳鄉長、鄉公所秘書、榜林村許村長及其家屬齊唱生日歌，祝余叻老先生生日快樂。

榜林吳允德老先生

——百歲人瑞系列之三

鼓吹、鑼鼓、鞭炮響連天，新郎打著領帶、穿上西裝，喜孜孜牽著美麗新娘，在父母、伴郎、伴娘、花童和親友的陪同下，村中廟宇、宗祠、祖厝一間拜過一間，大家臉上都掛滿著笑容，恭喜聲不絕於耳。這時候門口布棚內也沒閒著，一位總鋪師，指東比西，手從沒停歇過地剁著菜，還要顧著鍋中炸的魚、蝦、雞捲，又要將一塊塊大豬肉用大四方巾包起來，再放入滷汁中作封肉，他乾淨俐落的身手，大家都比大拇指讚好，這位總鋪師就是吳允德先生。

吳允德老先生，福建省金門縣人，民國前三年十一月十四日出生，現已年滿百歲，居住於榜林，吳允德老先生家世代以務農維生，家境尚清寒，年輕時為協助家中經濟，除要下田過著日出而作、日落而息的農作生活，還要當總鋪師的小學徒，先從打雜做起，切菜、洗肉、殺魚、剝蝦、宰雞鴨樣樣都不少，老師父不滿意還會厲聲地責罵，忙完後吃的是剩菜、剩湯，有時候已有臭酸味，也不能浪費倒掉，熱一熱還是要吃下肚，日子雖然非常辛苦、難過，現在想來，不甚吁噓，但為了家庭生計，他不曾喊苦、不曾喊累，日子就在默默耕耘中度過。

吳允德老先生之老伴陳氏為大陸江西人，因年幼時被賣到金門，後由他人介紹於二十幾歲結婚，結婚至今已有七十餘年，夫妻恩愛有加，平日鮮少吵嘴，令鄰人、親友羨煞不已。兩人婚後育有三子一女，唯一女兒已出嫁，三名兒子現皆旅台，有孫子一名陪同在金居住。然子女承繼吳允德老先生夫妻勤勞儉樸之門風，在台灣各自辛勤工作，猶不忘本，於工餘能返金探視年老父母，以承歡膝下，其精神令人感佩。

吳允德老先生長子早年即至台灣工作，並育有二子三女，近年因年紀漸長、體力較差，已退休在家幫忙照顧孫子女；次子服務軍旅多年，退役後選擇留在高雄市打拚，現在也有他自己的一片天，育有二子一女；三子育有一子一女，現在新北市中和開計程車，過著無拘無束的生活，只是近來為痛風所苦，已減少外出工作的時間。

吳允德老先生因早年當學徒受嚴厲的訓練，及長後，平日生活相當嚴謹，作息亦很規律，無抽菸、喝酒的習慣。近來因心臟病等慢性疾病，至台灣長庚醫院治療後返金休養，故減少外出時間。我造訪時，他和鄰人正悠閒喝茶、聊天，招呼我坐下，我和他談起養生祕訣，謙稱無獨門之道，只是每天一早固定五點起床，從不鬆懈，起床稍事運動後，便澆花自娛，住家內外種有很多盆栽、樹木，有的比人還要高，這都是吳允德老先生的傑作。

吳允德老先生笑言自己能長壽應該是年輕時不斷勞動所蓄積之實力吧！現在吳允德老先生的生活作息依然正常規律，每晚九點左右上床睡覺，清晨五點起床，三餐飲食不挑食、不忌口，唯以清淡為主，不喝任何飲料，只喝白開水，數十年如一日的過著同樣儉樸的生活。

吳允德老先生和所有金門鄉親一樣，日軍在金門時，要被迫去扛石頭做機場，搶灘、種樹、挖地洞樣樣都沒少，民國三十八年古寧頭戰役、四十七年八二三砲戰，橫屍遍野，處處哀鴻聲，不時還聞到陣陣嗆鼻的屍臭味，只有憋住氣來抬死屍和傷兵，那種苦真不足為外人道，現在想起內心尚有無限的感嘆，慶幸自己終究能熬了過來。

如今看到兒女均已成家立業，全家大小和樂相處，不愁吃穿，政府社會福利非常照顧，便無所求，只有知福惜福，希望子女能為國家社會多盡一份心力而已。吳允德老先生年已過百齡，前幾年敵不過病魔的摧折，而於九十八年六月三十日與世長辭。

附註：

民國九十七年十一月十四日：吳允德老先生歡度百歲生日時，金門縣榮民服務處姚處長代表行政院國軍退除役官兵輔導委員會、金門縣榮民服務處贈送純金壽桃一顆至吳府為吳允德老先生祝壽，並率榮民服務處專員、輔導員、社區服務組長、榮欣志工及金門縣議會許副議長與其家屬齊唱生日歌，祝吳允德老先生生日快樂。

民國九十八年七月十四日：吳允德老先生於九十八年六月三十日時辭世，並於九十八年七月十四日在榜林村廣場舉行告別式，金門縣榮民服務處處長率榮民服務處責任區輔導員、社區服務組長與榮欣志工前往公祭，場面隆重哀戚。

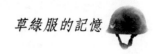

昔果山吳安慈老先生

——百歲人瑞系列之四

不管白晝或天將亮，順著潮水，吳安慈老先生年輕時即隨父兄出海捕魚，站在搖晃的船身，撒著魚網、拉起魚網，看著魚兒大豐收，他們的心裡都很高興，小魚留著自己吃，大魚拿去賣錢，足以供家用，吳安慈老先生當時心中這樣盤算著，因此更辛勤的工作。

吳安慈老先生，福建省金門縣人，民國前二年七月三日出生，現已年過百歲，世居於榜林村昔果山，因小村莊靠海，吳安慈老先生家與其他村民一樣，世代皆以捕魚、務農維生，他十來歲即隨父母親從事農作和出海捕魚，不畏嚴寒及大風大浪，儘管船身甚小，又是小孩子，他還是克服種種困難，捕得一船船的魚兒回家，現在想來，還真佩服自己當時的勇氣。更因親身經歷日軍統治、古寧頭戰役、八二三砲戰等重大事件，深感金門人的悲慘過往、戰爭的無情與人命的無價，因此更珍惜生命及知足常樂。

吳安慈老先生一生過著勤勞簡樸的生活，還自願到村中的廟宇當廟公，負責廟中清潔管理工作，曾經工作中不慎受傷，血流如注，急中生智，拿起「金灰」安在傷口上，果然止血的，真的感謝神明的保佑，所以工作得更勤快。吳安慈老先生婚後伉儷情深，有著金門人樂天知命的草根性，彼此相互扶持，育有四子四女，如今四位女兒均已出嫁，除大女兒在金居住，餘均在台；兒子亦皆客居台灣，長子、四子做泥水工，二子做油漆工，三兒在屏東縣政府擔任工程測量員，雖然工作都很普通，也很辛

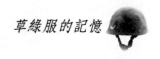

苦，所得又很微薄，然見他們皆能各展所長，在自己的崗位上兢兢業業的工作，吳安慈老先生也深感安慰，而且兒子皆能盡孝道，在工餘常返金探視父母。

吳安慈老先生平日生活作息尚正常，每天早上四、五點即起床活絡筋骨，年紀漸長後，因腳關節退化無法做激烈運動，故改以扭腰、跳動一小時做為每天固定的運動。在飲食方面並不忌口，但吃的非常的清淡，早餐常喝牛奶加餅乾，午餐、晚餐吃飯或粥配上自己種的蔬菜，唯晚餐固定喝高粱酒一杯，告知如此可以讓自己身子更暖，又能讓血液更循環。從二十歲起開始抽煙，現大概兩至三天一包。

吳安慈老先生談起日據時代還要走路到后湖站衛兵；古寧頭戰役負責抬傷兵，後因手脫臼致殘，但還須負責送飯等輕便勤務；八二三戰役時因傷勢較穩定，便跟其他人一樣要到碼頭作工，對於以前的種種苦楚不甚吁噓，但對目前政府的社會福利措施深感滿意，認為老來猶能自力更生，不需靠子女，亦是一種幸福。

吳安慈老先生除高血壓外並無其他慢性疾病，又因生性樂觀又熱心公益，除擔任附近廟宇之廟公，負責清潔維護工作外，還常提供住家作為衛生局衛教宣導及醫療處所，認為現在的年輕人趁著年輕應該全力去衝刺，而他們年紀已大，應該把工作機會讓出來，謙稱年輕時受苦，現在有飯吃，應該享享清福了！怎奈因年紀大，身上各部器官皆已老化，最後還是在子女隨侍下於九十九年十二月五日離開人世。

附註：

民國九十八年七月三日：吳安慈老先生歡度百歲生日時，金門縣榮民服務處鄭處長代表贈送馬英九總統、行政院長壽屏、行政院國軍退除役官兵輔導委員會、金門縣榮民服務處純金壽桃一顆至吳府為吳安慈老先生祝壽，並率榮民服務處專員、輔導員、社區服務組長、替代役男、榮欣志工，與其家屬齊唱生日歌，祝吳安慈老先生生日快樂。

民國九十九年七月三日：吳安慈老先生一〇一歲生日時，金門縣榮民服務處鄭處長率榮民服務處專員、輔導員、社區服務組長、替代役男與榮欣志工帶著一個大蛋糕至吳府為吳安慈老先生祝壽，並與金門防衛指揮部政戰主任李將軍、金寧鄉陳鄉長、鄉公所秘書、榜林村許村長及其家屬齊唱生日歌，祝吳安慈老先生生日快樂。

民國九十九年十二月十一日：吳安慈老先生於九十九年十二月五日時辭世，並於九十九年十二月十一日在昔果山村廣場舉行告別式，金門縣榮民服務處總幹事率榮民服務處責任區輔導員、社區服務組長與榮欣志工前往公祭，場面隆重哀戚。

榜林許加富老先生

——百歲人瑞系列之五

暗淡的廠房、昏黃的煤油燈下，有一位揮汗工作的年輕人，正操作著老舊的機器，將花生、黑麻倒進去，然後榨出一滴滴的花生油、麻油，那位工人就是年輕的許加富先生。

當我蒞臨許加富老先生家時，他正坐在門口乘涼，我們的談話拉回了他年輕時的思緒，也讓他憶起當年艱苦的歲月，言談中不勝吁噓，但當他談到家庭與兒女時，也不禁露出一抹得意笑容，結褵七十餘年的妻子，與他共同攜手打造美好的家園，女兒各有歸宿，家庭幸福美滿，兒子也有自己的事業，這是他一生最大的安慰。

許加富老先生，福建省金門縣人，民國前二年十二月三十日出生，現已年過百歲，居住於榜林村，世代皆以務農維生，然家境非常清寒，十三歲時即無父母相依，想想別人十三歲之齡還受父母的呵護，自己卻要獨自一人打拚天下，那種苦不是一般人所想像得到，但是他卻要承受，他下田耕種、受雇油園，凌晨三點就要起床做麻油、花生油，直到下午三點才休息，就為賺取二角元之微薄工資餬口，日子雖然非常的辛苦，但為了生活，他沒有喊苦、喊累的權益。

許加富老先生，二十八歲時與楊彩華女士結婚，婚後生活雖然清苦，但他們一起辛勞工作，共同育有三子四女，如今女兒皆已出嫁，長女、么女在金居住，二女、三女旅台多年，家庭幸福美滿；長子與其在金共同生活，目前經商，代銷悅氏礦泉水、茶類等飲料，經營的有聲有色；次子旅居台中，現在台電公司工作；三子在新北市土城區做空調工程，每個人的工作都很穩定，許加富老先生非常得意子女能承繼其夫妻勤勞儉樸之門風，在各人工作崗位上辛勤工作，然猶不忘本，工餘能返金探視年老父母，承歡膝下。

許加富老先生平日生活相當嚴謹，作息亦很規律，年輕時抽菸，現在已戒菸多年，沒有喝酒的習慣。談起養生，謙稱無獨門之道，笑言長壽應是年輕時不斷勞動蓄積之實力吧！許老先生數十年如一日，早上六、七點起床，在屋前稍事活動一下，便下田澆菜工作，無特殊養生運動方法，三餐飲食不挑食、不忌口，唯以清淡為主，早餐吃麥片，中、晚餐吃飯或粥，佐以自己種的蔬果，生活相當愜意。

許加富老先生憶起民國三十八年古寧頭戰役、四十七年八二三砲戰時抬傷兵、埋死屍的情景，還是非常的感傷，告知當時真可以用滿山遍野盡是死屍來形容。日軍佔據金門時，要參加搶灘、扛石頭，還要自己帶工具到安歧做機場……等等的苦日子，內心猶無限的感嘆，慶幸自己還是熬了過來。如今看到兒女均已成家立業，不愁吃穿，且對政府社會福利非常滿意，便無所求。只希望年輕一代能知福、惜福，因為自己當年點煤油燈、蠟燭、井中取水，想像不到現在有電燈、自來水、電話等這麼方便的現代化設備可以使用。也呼籲大家保重自己的身體，不僅可以照顧好家庭，也能為國家社會多盡一份心力。

附註：

民國九十八年十二月三十日：許加富老先生歡度百歲生日時，金門縣榮民服務處鄭處長代表贈送馬英九總統、行政院長壽屏、行政院國軍退除役官兵輔導委員會、金門縣榮民服務處純金壽桃一顆至許府為許加富老先生祝壽，並率榮民服務處專員、輔導員、社區服務組長、替代役男、榮欣志工及金門縣議會許副議長、榜林村許村長與其家屬齊唱生日歌，祝許加富老先生生日快樂。

民國九十九年十二月三十日：許加富老先生一〇一歲生日時，金門縣榮民服務處鄭處長率榮民服務處專員、輔導員、社區服務組長、替代役男與榮欣志工帶著一個大蛋糕至許府為許加富老先生祝壽，並與金門縣議會許議員、金寧鄉陳鄉長、金西守備隊隊長、鄉公所社會課蔡課長、榜林村許村長及其家屬齊唱生日歌，祝許加富老先生生日快樂。

民國一〇〇年十二月三十日：許加富老先生一〇二歲生日時，金門縣榮民服務處鄭處長率榮民服務處專員、輔導員、社區服務組長、替代役男與榮欣志工帶著一個大蛋糕至許府為許加富老先生祝壽，並與金寧鄉陳鄉長、鄉公所秘書及其家屬齊唱生日歌，祝許加富老先生生日快樂。

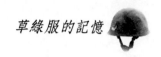

湖南許候樹老先生

——百歲人瑞系列之六

東方的天空剛泛魚肚白的時候，整個大地猶籠罩在一層薄霧之中，被窩內人們好夢方酣，然而這時候在湖南高地附近，你會見到一個熟悉的身影，在那兒散步，規律的甩手運動，那就是許候樹老先生。

許候樹老先生，福建省金門縣人，民國前一年出生，年已滿百歲，居住於安美村湖南小農莊裡，因村子四面環山，所謂「靠山吃山，靠海吃海」，因此，許候樹老先生家世代便以務農維生，家境尚清寒，年輕時跟隨父母下田工作，過著日出而作、日落而息的農耕生活，靠每年收成的農作物高粱、花生、地瓜、玉米，換取微薄的收得來維持家中的經濟，但不曾喊苦、不曾喊累。

因為喜歡吃羊肉，所以在村口的田地裡自己養羊，每天不厭其煩的趕著一群羊兒上山吃草，看著羊兒從小羊一天一天的長大，然後生小羊，小羊長大再生小羊，如此生生不息，許候樹老先生飼養的羊兒便越來越多，他也自己宰羊、烹羊，大塊大塊的吃肉，大口大口的喝湯，心裡十分的滿足。

許候樹老先生婚後育有三子二女，小女兒已往生多年，大女兒出嫁至山外，現家庭美滿；大兒子已退休在家含飴弄孫，每天跟鄰居鄉老在門前石桌泡茶，談天說地，生活好不快意；二兒子在湖南住家開了一家金門特產行，賣著金門高粱、貢糖、菜刀等特產品，生意還不賴；三兒子在金門縣陶瓷廠任職，工作十分勤奮，深獲長官與同事讚賞，三名兒子皆住在湖南村中，輪流奉養老父親，讓他過著無憂無慮的生活。

子女承繼許候樹老先生勤勞節儉之門風，在各自的崗位上兢兢業業，辛勤的工作，最可貴的是不忘本，對老父親十分的孝順。許候樹老先生目前有孫子女、曾孫十餘名，能承歡膝下，每當許候樹老先生與鄰人喝茶、聊天時，曾孫圍繞在身旁撒嬌、嬉戲，看在眼裡、疼在心裡，這是晚年最大的安慰。

許候樹老先生平日生活相當嚴謹，作息亦很規律，無喝酒的習慣，抽菸少許，至晚年也無重大的慢性疾病，僅偶而有脹氣、頭痛情形，但不會影響平日的生活起居，腎臟方面有些微的問題必須定期至醫院追蹤，但也無大礙。我向許候樹老先生請教養生的祕訣，謙稱並無獨門之道，只是每天一早起床，稍事暖身，即在湖南村口空氣新鮮的林間小道散步，吸著豐富的芬多精，並作甩手運動，下午亦抽空做些許運動；笑言長壽應是年輕時做豆腐、走擔賣麵線、金紙、種田、養牛、牧羊等工作，不斷勞動所蓄積之實力吧。

許候樹老先生三餐定時定量，飲食非常的正常，不挑食、不忌口，唯以清淡為主，早上泡杯牛奶、一碗甜粥再配油條、雙胞胎等甜品，午、晚餐跟其家人一樣，白飯配魚、肉、蔬菜，偶而來鍋羊肉解解饞，數十年如一日的過著同樣的生活。

許候樹老先生憶起日軍在金門時，被迫去參加搶灘、在安歧扛石頭做機場、還要種樹、挖地洞的苦日子，真是不敢想像自己是怎麼撐過來的。民國三十八年古寧頭戰役、四十七年八二三砲戰時，因為死傷慘重，還要協助抬死屍和傷兵等等，現在想起，內心尚有無限的感嘆，只是慶幸自己還是熬了過來。

如今看到兒女均已成家立業，對自己又孝順，孫子女、曾孫一代一代相傳，而且不愁吃穿，政府社會福利又好，便心滿意足。怎奈因年紀大，身上各部器官皆已老化，需由子女陪同數度進出醫院，最後還是在子女隨侍下於一〇〇年二月二十八日撒手人寰。

附註：

民國九十九年三月二十日：許候樹老先生歡度百歲生日時，金門縣榮民服務處鄭處長代表贈送馬英九總統、行政院長壽屏、行政院國軍退除役官兵輔導委員會、金門縣榮民服務處純金壽桃一顆至許府為許候樹老先生祝壽，並率榮民服務處專員、輔導員、社區服務組長、替代役男、榮欣志工及金門防衛指揮部政戰主任黃將軍、金寧鄉陳鄉長、鄉公所社會課蔡課長、安美村蔡村長與其家屬齊唱生日歌，祝許候樹老先生生日快樂。

民國一〇〇年三月十二日：許候樹老先生於一〇〇年二月二十八日時辭世，並於一〇〇年三月十二日在湖南村廣場舉行告別式，金門縣榮民服務處鄭處長率榮民服務處總幹事、專員、輔導員、社區服務組長與榮欣志工前往公祭，場面隆重哀戚。

傾聽花崗岩的呼吸

——《草綠服的記憶》後記

那一夜，天空中一道道火紅的閃光，帶來如雨點般的砲火，落在無助的花崗岩上，迸出陣陣激烈的聲響，也帶來無邊無際的苦難歲月。然而，堅硬的花崗岩，不曾退縮、不曾哭泣，日復一日的矗立著，默默承受幾多砲彈的洗禮和風雨的摧殘，到如今依然堅挺的守護著千千萬萬的浯島子民，他的堅貞、他的勇氣，就像是我剛毅樸實的金門人，不論經過多少無情歲月的磨練，對孕育自己的家鄉永遠忠誠、永遠不離不棄。

二十八年前從金門高中畢業，毅然決然投身軍旅，在午夜蒼茫時搭上太武輪軍艦，航向遙遠的異鄉，穿上草綠服，走過陸軍二二六師（關渡師）、二八四師（南雄師）、八五五野戰醫院（東沙醫院）、八一一五救護車連、金防部軍醫組、國軍八二〇醫院（花崗石醫院）等單位，除了台北關渡、基隆八斗子三個月短暫的停留，大部分的時間都在金門家鄉，且住在花崗岩洞內，雖然花崗岩摸起來是那麼的冰冷，但我對花崗岩卻多了一份深沉的情感。

花崗岩、草綠服，是我半百人生最熟悉、最深刻的記憶，曾經花崗岩洞有著無數草綠服生命，曾幾何時，物換星移，當草綠服褪去它原有的光彩，花崗岩洞也成了廢墟，就像先人留下的紅瓦古厝，在時間長河的侵蝕下，傾倒了！屋內的蔓草，已越過牆頭，伸出屋外隨風搖曳，彷彿在訴說著一段生離死別的悲傷歲月。輕輕撫摸著那一堆堆斷垣殘瓦，試著找回它昔日的榮光，只是人去樓空，老舊的供桌上，層層排列的神主牌位，已難辨識，布滿塵埃的香爐，曩昔屋主緬懷先人的虔誠香火，而今安在？或許只剩下深深的記憶。

在感嘆之餘，我離開了軍旅，在脫下身上的草綠服後，曾多次走訪昔時的駐地，然而，往日的情景已不再，中蘭九八坑道、小徑救護車連，鐵門深鎖且雜草叢生，東沙野戰醫院鐵皮門診中心也夷為平地，連享譽中外的觀光勝地——花崗石醫院，那麼安靜地埋沒在廢墟之中，走在其中，手扶舊建築，回想當年的一切，心中不勝吁噓，只覺荒涼得有些駭人，讓我不禁為文追憶昔日的榮光，試圖用隻字片語，找回屬於我草綠服的記憶，卻僅徒增傷感而已。

在文壇前輩與家人的鼓勵下，《草綠服的記憶》終於集結成冊，並蒙受金門縣文化局贊助出版，雙手緊握著這一疊心血的結晶，心中除了萬分欣喜，也充滿著感恩，感恩所有我該感謝的人，因為有你們，我可以再一次傾聽花崗岩的呼吸，可以站在花崗岩聳立的山頭，繼續傳唱著草綠服的歌曲，直到永遠……。

二〇一二年五月于金門

語言文學類　ZG0088

草綠服的記憶

作　　者 / 蔡承坤
責任編輯 / 黃姣潔
圖文排版 / 蘇榆茵
封面設計 / 王嵩賀

贊助單位 / 金門縣文化局
出 版 者 / 蔡承坤
法律顧問 / 毛國樑　律師
印製發行 / 秀威資訊科技股份有限公司
114台北市內湖區瑞光路76巷65號1樓
電話：+886-2-2796-3638　傳真：+886-2-2796-1377
http://www.showwe.com.tw
劃撥帳號 / 19563868　戶名：秀威資訊科技股份有限公司
讀者服務信箱：service@showwe.com.tw
展售門市 / 國家書店（松江門市）
104台北市中山區松江路209號1樓
電話：+886-2-2518-0207　傳真：+886-2-2518-0778
網路訂購 / 秀威網路書店：http://www.bodbooks.com.tw
國家網路書店：http://www.govbooks.com.tw
圖書經銷 / 紅螞蟻圖書有限公司
114台北市內湖區舊宗路二段121巷28、32號4樓
電話：+886-2-2795-3656　傳真：+886-2-2795-4100

2012年07月BOD一版
定價：240元

國家圖書館出版品預行編目

草綠服的記憶 / 蔡承坤作. -- 一版. -- 金門縣金湖鎮 : 蔡承坤, 2012. 07

面； 公分. -- (語言文學類 ; ZG0088)

BOD版

ISBN 978-957-41-9232-8(平裝)

855 101011496

讀者回函卡

感謝您購買本書，為提升服務品質，請填妥以下資料，將讀者回函卡直接寄回或傳真本公司，收到您的寶貴意見後，我們會收藏記錄及檢討，謝謝！

如您需要了解本公司最新出版書目、購書優惠或企劃活動，歡迎您上網查詢或下載相關資料：http:// www.showwe.com.tw

您購買的書名：____________________________________

出生日期：________年________月________日

學歷：□高中（含）以下　□大專　□研究所（含）以上

職業：□製造業　□金融業　□資訊業　□軍警　□傳播業　□自由業

□服務業　□公務員　□教職　□學生　□家管　□其它____

購書地點：□網路書店　□實體書店　□書展　□郵購　□贈閱　□其他

您從何得知本書的消息？

□網路書店　□實體書店　□網路搜尋　□電子報　□書訊　□雜誌

□傳播媒體　□親友推薦　□網站推薦　□部落格　□其他________

您對本書的評價：（請填代號　1.非常滿意　2.滿意　3.尚可　4.再改進）

封面設計____　版面編排____　內容____　文／譯筆____　價格____

讀完書後您覺得：

□很有收穫　□有收穫　□收穫不多　□沒收穫

對我們的建議：____________________________________

____

____

____

請貼
郵票

11466
台北市內湖區瑞光路 76 巷 65 號 1 樓
秀威資訊科技股份有限公司 收
BOD 數位出版事業部

(請沿線對折寄回，謝謝！)

姓　　名：＿＿＿＿＿＿＿＿　年齡：＿＿＿＿　性別：□女　□男

郵遞區號：□□□□□

地　　址：＿＿＿＿＿＿＿＿＿＿＿＿＿＿＿＿＿＿

聯絡電話：(日)＿＿＿＿＿＿＿＿＿(夜)＿＿＿＿＿＿＿＿＿

E-mail：＿＿＿＿＿＿＿＿＿＿＿＿＿＿＿＿＿＿